鏡の女

新装版

内田康夫

JOY NOVELS
実業之日本社

カバーデザイン／鈴木正道（Suzuki Design）
カバーイラストレーション／井筒啓之

鏡の女／目次

鏡の女

1

浅見光彦《あさみみつひこ》のところに奇妙な宅配便が配達されたのは、鹿児島で死者行方不明十八名という土砂崩れの被害が出た日のことである。

東京は夜半に小雨がパラついた程度で、梅雨《つゆ》の中休みのような静かな朝だった。

浅見は幽霊を見ていた。ベッドの裾《すそ》のほうに白いものが坐《すわ》っている。人間の姿をしているのかどうか、はっきりは分からない。ましてや女であるか男であるかなど、判別できない。

幽霊を見る時はいつもそうなのだが、浅見の体はいわゆる金縛《かなしば》りの状態である。幽霊をもっとよく見たくても、逆に、布団《ふとん》を頭から被《かぶ》ってしまいたくても、身動きが取れない。

浅見が幽霊を見るのは、そう珍しいことではない。いや、そういう経験というのは、大抵の人が持っているにちがいない。ただ、他人に幽霊を見た証拠を示すことができないから、みんな自分の胸の内にしまっておくだけのことである。

それに、あとから考えて、あれは夢だったのかもしれない——というふうに割り切ってしまうこともある。いいおとなが「私はお化けを見ました」などといえば、人にばかにされるのがオチだという分別も働く。まだしも、UFOを見たとでも言うほうが、現代感覚にマッチしている。

夢と現実、有意識と無意識の狭間《はざま》のようなところに、幽霊は現れる。それはあくまでも個人個人の体験であって、その体験を他人と共有することは不可能だ。

ましてや、写真に撮ったりすることなど、できようはずもない。心霊写真だとか、背後霊の写真だとかいうのは、あれはみなまやかしに決まっている。

いま、浅見は幽霊を見ている。だからといって、それが幽霊である証拠は、むろん、無い。ただ、浅見は（あれは幽霊なのだ――）と思っているだけである。

心理学的にいうと、そういう幻覚を見るのは十代から二十代にかけての、いわゆる青年期に多いのだそうだ。理論的なことは分からないけれど、肉体の成長と精神の成長のひずみのようなところに、超常的な現象が忍び寄るということは、素人《しろうと》考えでも、なんとなくありそうな気がする。

ただし浅見光彦はすでに三十三歳、いいおとなである。そういういいおとなが、依然として幻覚を見て、怖がっているというあたりが、いささか滑稽《こっけい》ではあった。

まったくのところ、浅見はお化け嫌いなのである。夜中にトイレに行くのが怖い。トイレのドアを開けた時、そのむこうに得体《えたい》の知れない「何か」がいる――と想像しただけで恐ろしい。

よく、「お化けなんかより、生きている人間のほうがよっぽど恐ろしい」などと言う人がいるけれど、浅見にはそういう考え方が理解できない。人間ならどんな悪党でも、やることに限界がある。いくらひどい目に遭《あ》うとしても、せいぜい殺されるのが精一杯だ。

そこへゆくとお化け（または幽霊）は何をするか分からない。第一、テキがその気になったら、防ぎようがないのである。どんな隙間《すきま》からでも侵入してくるし、気がついたらすぐ目の前にいるのだから、始末が悪い。

いま見えている幽霊は、ただじっとうずくまっているだけである。こっちに対して害意を持っているのかいないのか分からない。何も言わないし、何が目的で、これからどうしようとしているのか分からない。

この「分からない」というのがなんとも恐ろしいのだ。

恋人や女房と喧嘩《けんか》して、ヒステリックにわめきたてられるのは、あまりありがたくはないが、さりとて、じっと黙りこくって、恨めしい目で見つめられているというのも、相当に堪《こた》えるものである。怖さという点では、こっちのほうが数段、怖い。

幽霊と女性に共通する怖さは、いわば沈黙の怖さだと言ってもいいだろう。何か言ってくれれば、それなりに対応のしようもあるが、しんねりむっつりと黙っていられたのでは、それもできない。

幸か不幸か、浅見にはいまのところ女性にそういう仕打ちを受けた経験はないが、幽霊の恐怖には、こうして時折、直面する。

——黙っていないで、何か言ってよ。

浅見は必死に叫ぼうと思うのだが、声は喉《のど》の奥に詰まったように、唇から先には出てこない。いつもはこのままの状態で、忽然《こつぜん》と幽霊の姿がかき消え、悪夢は文字どおり一場の夢と終わる——はずであった。

ところが、その無言であるはずの幽霊が口をきいたのである。

「坊ちゃま」

幽霊はそう言った。それも幽霊らしいしおらしさや恨めしさなど、これっぽっちもない、どちらかといえばがさつな声音だ。

「坊ちゃま」

また呼んだ。浅見は重くのしかかっている掛け布団を、必死の想《おも》いではねのけ、その勢いで「なんだ?」と怒鳴った。

とたんに呪縛《じゅばく》は解けた。幽霊の姿はかき消え、薄暗い室内の風景が見えてきた。

「坊ちゃま」

幽霊の声だけが聞こえる。腹が立つほど騒々しく、ただ若いというだけで、まったく色気に欠ける女の声である。

「まったく、寝坊なんだから……」

ブツブツ言うつぶやきも聞こえた。

「なんだ、須美《すみ》ちゃんか」

「あら、起きてるんですか?」

ドアの向こうの声はお手伝いの須美子であった。

「さっきから呼んでるのに、起きてるんなら返事ぐらいしてくださいよ」

「いま起きたばかりだよ。昨夜、徹夜して、もうしばらく眠りたいんだから、寝かせておいてくれよ」

「それは構いませんけど、雑誌社の人が原稿を取りにみえてるんですよ」

(あ、そうか――)

浅見は慌《あわ》てた。その編集者に渡す原稿のために、徹夜でワープロを叩《たた》いたのだ。時計を見ると、確かに約束の九時半を過ぎていた。

「いま行くから、応接室で待っていてくれるように言って」

「はい、分かりました。それで、お茶はどうしますか?」

「適当に出しておいてよ」

「適当って言われても困るんですよね。ランクはコーヒーですか、紅茶ですか、日本茶ですか、出がらしですか?」

「何でもいいよ……それじゃ紅茶だ、紅茶にしてくれ」

浅見はパジャマを脱ぎながら怒鳴った。まったく須美子ときたひには、浅見家の次男坊に対して、尊敬のかけらもない。母親の雪江《ゆきえ》未亡人と同様、浅見のことを箸《はし》にも棒にもかからない、どうしようもない居候《いそうろう》だぐらいにしか思っていないらしい。

客は経済情報誌の編集者で、徹夜仕事の成果は例によって財界人の提灯持《ちょうちんも》ちインタビュー記事である。出来のほうは保証のかぎりではないけれど、ともかく枚数だけは注文どおり三十枚ピッタリの原稿を渡すと、編集者は相好《そうごう》を崩した。中身をろくすっぽ見もしないで、

「さすがワープロですね、とにかくにも早い」

褒《ほ》めたのかけなしたのか分からないようなことを言った。ワープロだからって、ワープロが勝手に原稿を書いたわけではないのだ。すべてはこの僕の指が叩き出したものだ——と、浅見は大いに不満だ。

編集者を玄関まで送っていって、なんとなくぼんやり突っ立っていると、客が来たらしく、チャイムが鳴った。

「はーい」とすっとんきょうな声とともに、須美子が出てきた。

「なんだ、坊ちゃまいたんですか? いたなら出てくれればいいのに」

「須美ちゃん、その坊ちゃまというのはやめてくれって言ってるだろ」

「はいはい、分かりました」

分かりましたと言う割に、一向に直そうとしない。須美子が玄関のドアを開けると、宅配便の若い男が、抱えきれないほどの荷物を持って立っていた。

「浅見陽一郎《よういちろう》さんにお届け物です」

「あら、お中元ね」

須美子ははしゃいだ声を出した。

(やれやれ——)

浅見はうんざりした。

毎年、盆と暮は浅見光彦にとって、もっとも憂《ゆう》鬱《うつ》なシーズンである。愚弟賢兄の悲哀をいやというほど思い知らされる。

浅見の兄・陽一郎はいまをときめく、警察庁刑事局長。断っても断っても、ひっきりなしにお届け物が到来する。それにひきかえ愚弟の浅見には、いまだかつてそれに類する品が届いたためしがない。

「はんこ、はんこ……」

須美子は嬉々《きき》として印鑑を取りに行った。彼女としては、自分の崇拝する刑事局長様に大量のお届け物が到来することは、わがことのように誇りなのである。そのとばっちりを受けて、悲哀を味わっている愚弟の存在など、まるで眼中にない。

配達の青年は須美子の手から印鑑を受け取ると、四個の荷物を床に並べ、伝票に受領印を捺《お》した。

「あ、この一個は浅見光彦さん宛《あて》ですが、はんこは同じで結構です」

四個のうちの最も大きいダンボール箱を指差して言った。

「へえーっ、僕にもお中元か」

浅見は思わず顔がほころんだ。ねむけも吹き飛んだ想いがする。

「あら、坊ちゃまにもですか?」

須美子がつまらなそうに言うのを尻目に浅見は自分宛の荷物を抱えた。

「うん、重い重い、こりゃあ重いぞ」

ズシリと持ち重りがするのもご機嫌であった。それに較《くら》べると、兄宛の包みはどれも軽薄にして短小に見える。浅見は内心「勝った」と思った。

それにしても、いったいどこの誰からの贈り物だろう——。

ダンボール箱に貼《は》ってある伝票の差し出し人名は「文瀬夏子《ふみせなつこ》」とある。知らない名前だった。女性名というのも意外だ。住所は——大田区田園調布《でんえんちょうふ》——高級邸宅街である。その辺りに知り合いはむろん、ない。

一瞬、夢ではないかと思った。でなければ届け先を間違えたのではないか——。伝票を確かめたが、宛名はちゃんと「浅見光彦様」になっている。

浅見は荷物を抱えて部屋に運んだ。なんだか薄気味悪いが、とにかくひろげてみるしかない。ダンボール箱をバラすと、中はデパートの包装紙をいくつか貼り合わせたような包み紙でくるんであった。

そうして、やがて全貌《ぜんぼう》を現したものを眺めて、浅見は茫然《ぼうぜん》とした。

なんと、配達された品物は鏡台だったのである。それもごく可愛《かわい》らしい、いわゆる姫鏡台といっていいようなものだ。鏡の部分とそれを支える左右の支柱、支柱を立てる枠のような部分、そしてそれらを載《の》せる、小引出しのある台の部分とに分解されてあるけれど、これはまぎれもなく鏡台だ。

(なんだい、これは?——)

浅見はしばらく眺めてから、ともかく組み立てにかかった。近頃は「ＤＩＹ」だとか「ホビー家具」だとかが流行《はや》りで、浅見の部屋にある本棚やワークデッキなどもすべてそれだ。鏡台の枠の、台座と接触して隠れる部分に小さく「わくをした」とサインペンで注意書きがしてあるけれど、こんなものがなくても、組み立ては簡単だった。

完成した鏡台を床に置いて眺める。白いエナメルを塗った、女の子ならさぞかし喜びそうな鏡台だが、浅見などは見ているだけで、背筋が擽《くすぐ》ったくなってくる。組み立て式といっても、そう安い物ではなさそうだ。全体に細かな彫刻が施《ほどこ》されているし、塗りも決して粗末な感じではない。ただし、どうも新品でないらしいのが気になった。

組み立てを終えた鏡台の鏡の中に、自分の間抜け面《づら》を見て、浅見は苦笑した。

もう一度、差し出し人の名前を見た。

――文瀬夏子――

やはり記憶にない。これで、もしも浅見に妻でもいて、この得体の知れない贈り物を見たら、とてもただでは収まるまい。

だから独身にかぎる――とは、しかし浅見は思ったりはしない。浅見が三十三歳の現在まで独身を続けているのは、独身貴族を楽しんでいるわけではなく、単に甲斐性《かいしょう》と勇気がないことの結果でしかないのだ。過去にいくどか結婚相手に相応《ふさわ》しい女性が接近し、かなりいいところまでいくのだが、最後の肝心なことを言い出しかねているまに、いとも爽《さわ》やかに去っていってしまう。

（さて、どうしたものか――）

浅見は鏡の中の自分に問いかけてみた。このまま黙って貰《もら》っておくにしても、こんなところに置いておくわけにはいかない。お手伝いの須美子が部屋に掃除に入って、この鏡台を見たら引きつけを起こしそうだ。そうでなければ、一家中の物笑いのたねにされかねない。

とにかく何かの間違いであることはたしかだ。こんないわれのない物を受け取るわけにはいかない。

浅見はしだいに腹が立ってきた。きっと誰かがあとで笑い者にしようと企《たくら》んだいたずらにちがいない。テレビのどっきりカメラとかいう、あのたぐいかもしれない。

それにしても、この名前と田園調布の住所というのは、まったくの架空のものなのだろうか?

浅見はばかばかしいと思いながらも、一応、電話番号帳を調べてみた。驚いたことに、「文瀬」姓はその住所と一緒に、ちゃんと掲載されていた。ただし「夏子」ではなく、「文瀬聖一《せいいち》」となっている。それが文瀬家の当主ということなのだろう。とすると「夏子」は聖一の妻か、それとも娘か?

——。どっちにしても人騒がせもいいところだ。

浅見は散らかったダンボールを片づけにかかって、ふと妙なものに気がついた。ダンボール箱の蓋《ふた》の部分に、いったん書いた宛先をボールペンで乱暴に消したような痕《あと》があるのだ。ほとんどの部分がその上に伝票を貼《は》ったために隠されて、気づくのが遅れた。

いつもなら、そういうものを見逃すはずのない浅見だが、女名前の「贈り物」に有頂天になって、つい目が眩《くら》んだのかもしれない。

ボールペンの細いラインで消しても、下の文字を完全につぶすことにはならなかったから、判読するのに大して苦労はなかった。

(北区上中里《かみなかざと》三丁目××番地　浅野静香《あさのしずか》様)

（浅野——）

浅見は「あっ」と声に出した。

（浅野夏子か——）

　文瀬夏子では分からなかったが、浅野夏子なら知っている。夏子は浅見の初恋の相手であった。

　もっとも、「初恋」といっても小学校五年の頃の話で、淡い——というのも気がひけるほど、稚《おさな》い思い出でしかない。

　しかしあれはたしかに僕の初恋だったにちがいない——と浅見は思う。浅見が学級委員で夏子は書記を務めていた。浅見と浅野というのが似た苗《みょう》字《じ》なので、ともだちが「夫婦みたいだ」と冷やかした。そんなことがあって、二人は年齢以上に、おたがいを意識しあったのかもしれない。夏子は美少女だったし、子供の頃の浅見は、これでけっこう可愛らしかったのである。

　だからどうなった——という記憶は、少なくとも浅見にはない。中学に進学する時、夏子は私立の学園に入ったと思う。それきり会うこともなかった。夏子の住所・北区上中里は浅見の北区西《にし》ケ《が》原《はら》とそう遠くない。上中里は国電の駅もある。平《ひら》塚《つか》神社という源頼朝《みなもとのよりとも》を祀《まつ》った神社があって、そこの茶店で作る団子が浅見の母親の好物だ。仕事の帰りに、浅見はよく団子を買って母親への土産《みやげ》にする。

　しかし、浅野夏子にはついぞ会うことがなかった。同じ町内に住んでいてさえ、めったに会わないのが東京という大都会の宿命みたいなものだ。それに、私立のお嬢さん学校へ進んだ少女と、公立高校から私大へと雑草のごとく這《は》い上がった浅見とでは、住む世界が違った。

　その浅野夏子が自分を憶《おぼ》えていてくれたことが、

浅見にはショックといっていいほど、感動的であった。

そのことはいい。だが、いったいこれはどういうことなのか？——。

浅見はあらためて鏡台を眺めた。浅野夏子——いや、いまは人妻である文瀬夏子が、どういう意図でもってこの鏡台を送って寄越《よこ》したのか、さすがの浅見にも推理のしようがなかった。

（どうすればいいんだ？——）

何度めかの自問を繰り返した。電話をかけて訊《き》いてみるのがいちばん簡単なようだが、そうしてはいけないような気がする。そういう単純なことで片づくことなら、夏子のほうからすでに電話をしてきているはずだ。それをしない——あるいはそれができないなんらかの理由が、夏子にはあるのかもしれないのだ。そうでもなければ、いきなり鏡台を送って寄越す突飛さが説明できない。

鏡の中の浅見が、ぼんやりした眼をこっちに向けていた。

2

「田園調布に家が建つ」というギャグで笑わせる漫才があった。漫才師は泡沫《ほうまつ》のように消えたが、「田園調布に……」の願望はいまも変わらない。瀟洒《しょうしゃ》な洋館や重厚な和風屋敷の並ぶ高級邸宅街である。

浅見が三年ローンで買ったソアラリミテッドも、この街では見劣りがする。

浅見は訪ねあてた住所の前をゆっくり通過して、「文瀬家」を確認した。高いコンクリート塀をめぐらせた白亜の洋館であった。車の通る音を怒るのか、庭で野太い声の犬が鳴きわめいていた。

門はいかめしい鉄格子の、ヨーロッパ映画にでも出てきそうな大きなものだ。門からポーチまでは十メートルぐらいだろうか。地価のばか高い東京のしかも田園調布では、これはたいへんな贅沢《ぜいたく》といっていい。

（負けた——）と浅見は思った。

夏子の浅野家も、そんなに悪い家柄ではないはずだ。例の忠臣蔵の浅野家に繋《つな》がる血筋だとかいう話を聞いたことがある。あの辺りではひときわ目立つ家だった。

しかしその浅野家も、文瀬家の宏壮《こうそう》には遠く及ばない。夏子は幸せな結婚をしたのだ——と、浅見は淡い初恋の君のために苦い祝杯を挙げたい気持ちだった。

文瀬家の門内に人の気配はなかった。運よく買物か何かで歩いている夏子に会えるかと期待を持っていたのだが、こんな大家の若奥様がスーパーに買物に出掛けるとは考えられない。もっとも、会えたところで二十年も見ない顔が識別できるかどうか、疑わしい。

それにしても文瀬聖一という人物はいったいどういう職業なのだろう？　不動産会社の社長か、政治家か、医者か、それともパチンコ屋のチェーンでも持っているのか？

浅見はいろいろと金儲《かねもう》けと脱税のうまい連中を想定した。そうでもなければ「田園調布に家が建つ」ことなど、あり得ないのだ——と信じている。

少し先の酒屋で、いちばん安いウィスキーを買った。

「あそこの文瀬さんというお宅、ずいぶん立派なお邸《やしき》ですねえ」

酒屋のおばさんに金を払いながら、ついでのように装《よそお》って言った。

「いったい何のご商売をなさっているのですかねえ？」

「ああ、文瀬さんはお医者さんですよ」

「やっぱり……」

思ったとおりだった。

「近頃は大金持ちというと医者かパチンコ屋に決まっているって、ほんとですね」

「いいえ、文瀬さんのとこは、先々代さまから精神科のお医者さまですからね、近頃のにわか成金とは違いますよ」

ここに来て、地元の悪口は言ってもらいたくない——とでも言いたげだ。

「そうですか、文瀬さんはいいお医者さんなのですね？」

「そうですとも。大先生も立派な先生だけど、若先生も東大出で、ハンサムで、きちんとした方ですしねえ」

（負けた——）

浅見はまたしても思った。どうも「東大出」と聞くと兄の顔を思い浮かべて、意気消沈してしまう。

しかし、そのまますごすごと引き上げるのも悔《くや》しいので、鏡台を扱《あつか》った宅配便の代理店を当たってみることにした。田園調布の駅にほど近いところにある、煙草《たばこ》屋兼業の店だった。

「はい、このお荷物なら、たしかにこちらで扱わせていただきました」

カウンターの女性は浅見が持参した伝票を見て、すぐに分かった。

「あの、何か……、ガラスが割れたとか、そういう事故でもあったのでしょうか?」

心配そうに言った。

「いや、そうじゃないのですけどね、宛先が、最初に書いたのと違っていたので、どういうわけかなと思ったものだから」

「あら? 違っていました?」

「うん、伝票の宛名は僕のところだったのだけど、最初、ダンボール箱に書いた宛名が消してあったんですよ」

「ああ……」

女性は思い出して、大きく頷《うなず》いた。

「そういえば、そういうお客さんがいましたっけ。こちらで伝票をお書きになる時、宛先を変えるからっておっしゃって……」

「やはりそうでしたか。で、そのお客さんて、女の人でしょう?」

「ええ、ここに書いてあるお名前の方だと思いますけど」

「この人、一人で来たのですか?」

「いいえ、男の方の運転する車でおみえになりました。この辺は駐車禁止ですから、男の方は車の中にいらっしゃって、お店の中にはお一人で入られましたけど」

「ふーん……」

浅見はその時の情景を想像した。

「車はお店の真ん前に停《と》まっていたんじゃないですか?」

「ええ、そうです。そこのところです。ベンツか何か、大きな外車でした」

女性は大きなガラス戸の向うを指差した。

「その女のお客さん、宛名を書き替える時、ずいぶん急いでいませんでしたか?」

「ええと、どうだったかしら？　そういえばそうですねえ。ボールペンでカシャカシャって消して、それから急いで伝票を書いて……。よほどお急ぎだったのかしら。お金を払うと伝票の受け取りも持たないで帰ってしまわれましたから」

「そのあいだ、車の男の人はどうしていたのですか？」

「どうって……、ずっと車にいましたけど」

「ずっとこっちを見ていたのじゃありませんか？」

「そうそう、そうなんです、なんだか心配そうにこっちを見て、ときどき覗《のぞ》き込むようにしたりして。ずいぶん愛妻家だなあって、あとでキミちゃんと笑ったんです」

ねえ——と隣の席の女性に同意を求めた。「キミちゃん」は不得要領な笑顔で頷いてみせた。


浅見にはようやく状況が飲み込めてきた。夏子はその男の目をかすめるようにして、あの鏡台を送ったのだ。宅配便の店に着くまでは上中里の実家へ送るということにしておいて、急遽《きゅうきょ》、宛先を実家から「浅見光彦」に変えたのは、理由はともかく、苦肉の策だったにちがいない。

なぜそんなふうにしてまで、宛先を変えなければならなかったのだろう？——。

なぜその宛先が「浅見光彦」でなければならなかったのだろう？——。

この二つの「なぜ？」が目の前にぶら下がっている。

浅見は帰りがけにもういちど文瀬家の前を通った。いかめしい鉄格子の門がこっちの憶測をも拒否するように聳《そび》えている。ポーチの軒下に監視用のテレビカメラが設置されているのが見えた。

そのまま通過して帰路についたが、浅見は何か忘れ物をしたような気分だった。いま見たばかりの鉄の門扉《もんぴ》がいやに気になった。あれは外側から見ると、他人を寄せつけない冷酷な感じがするけれど、逆に内側から見るとどうなのだろう？　浅見の感覚からすると、たとえ内部の人間が見ても、その冷たさに変わりはないような気がする。

ああいう門塀に囲まれている人間は、浅見はどうにも好意的になれそうにない。第一、自ら囚《とら》われびとのような環境にいるようなものではないか――。

（囚われびと、か――）

浅見はふと夏子の置かれている状況を思いやった。夏子がどのような経緯で文瀬家に嫁《とつ》いだかは知らない。愛し愛された上での結婚なのだと思いたい。しかし、ああいう「囚われびと」の邸に住んで、あの夏子が幸福でいるとは思えなかった。

浅見は小学校の五年から六年にかけての、夏子との淡い交情の日々を想った。

メジロの番《つがい》をもらったのを、夏子に籠《かご》ごと上げたことがある。籠は浅見が竹を削って作った。夏子は喜んで、小鳥の飼い方という本を買って、熱心に世話をしたらしい。

急に夏子が冷たくなったのは、それから一週間後のことである。浅見が話しかけても、素っ気なく答えて、なるべく顔を合わせないように振舞う。そのことに対して、浅見少年がどんなふうに感じたか、どうしても思い出せない。ただ、その数日間、浅見の日記帳は空白になっている。

突然、夏子が浅見の家に訪ねてきた。夕方だった。門から離れたところに、夏子はうなだれて立っていた。浅見は「何だよ」と冷たく言おうとして、夏子が泣いているのに気がついた。「死んじゃったの」と夏子はか細い声で言った。

「メジロ、死んじゃった。ごめんなさい」

言うと、身を翻《ひるがえ》して走って行った。

役所の車で帰宅した父親が、妙な顔をして、

「どうしたんだ、女の子を泣かして」と言った。

「分かりません……変なヤツ……」

浅見は父のカバンを受け取ると、父の後について家に入った。父の背中を見ながら、メジロを死なせたことで、夏子がこの数日間、死にたいほど悩みつづけていただろうことを思いやっていた。

夏子の思い出といえば、その出来事が強烈なせいか、ほかのことはあまり鮮明には浮かび上がってこない。

小学校六年の時には、編成替えで別のクラスになったこともあって、夏子の記憶に急速に薄れる。中学から先は、夏子は私立の名門女子学院へ進んだはずだし、浅見は区立の中学に入った。

小学校の同窓会も何度かあったらしいが、浅見は一度しか出席したことがない。なぜかというと、それ以後の浅見の「人生」があまりパッとしないためである。かつてのようなクラス委員はおろか、中学以降、学業成績も転落の一途を辿《たど》った。語学以外の教科はさんたんたるありさまだったのだ。

トドのつまりは三流有名大学を卒業したものの、今度は就職がままならない。兄のヒキでやっとこ収まった商事会社も、一年ともたずに退職。以来、転々と勤めを変えてみたけれど、どこも続かない。

長い曲折を経て、結局、浅見は自分が宮仕《みやづか》えのできない性格であることに気がついて、フリーのルポライターへの道を選ぶにいたったというわけである。

ルポライターそのものも性に合っていたが、この仕事をやっていれば、しぜんと事件や犯罪に遭遇するチャンスが多い。そうこうするうちに、いつのまにか、浅見は自分でも知らなかった推理能力の持ち主であることに気がついた。

げんに、警察の犯罪捜査が行き詰まっているような時、浅見はしばしば事件解決のヒントを与え、直接、犯人逮捕の場を作ったりもしている。母親の雪江未亡人は、兄陽一郎の足を引っ張る行為として、苦々しく思っているけれど、警察内部や一部マスコミも、いまでは浅見のことを「名探偵」として評価するほどになっていた。

新聞や雑誌に浅見の活躍を伝える記事が出たりして、昔の友人から便りを貰うこともある。

「今度はぜひ同窓会に出席してくれ」という誘いもくる。しかし、浅見の引っ込み思案は直らない。だから、昔の友人たちが現在どうしているのかなど、ほとんど知る機会がないのだ。

あの浅野夏子が、いったいどういう生活をしているのか、もちろん知るよしもなかったし、思い出すこともなかった。

だが、いちど脳裏に蘇《よみがえ》ると、夏子は浅見にとって忘れ得ぬひとの一人であることにはちがいなかった。

夏子は男と女の違いはあるにせよ、自分とよく似た性格のひとだったと、浅見は思う。メジロのことに象徴されるように、自分の想いを内向させて、独《ひと》り悶々《もんもん》と悩むたちだ。

その夏子が、何の前触れもなく、白い鏡台を送って寄越《よこ》した。

いったい、これはどう解釈すればいいことなのだろう？

3

奇妙な白い鏡台はその日のうちに戸棚に仕舞った。人目につかないように——という配慮からだが、自分の目で見るのも憂鬱《ゆううつ》な気がした。仕事が詰まっているので、得体の知れない鏡台などにかかずらっているわけにはいかないのだが、どうかして戸棚を開け、目の前にいきなり自分の顔が映っているのを見ると、肝《きも》がつぶれるほどドキッとする。

鏡を見るたびに、浅見は何か重大なことを見落としているような、ある種の後ろめたさを感じた。当然気がついていなければいけないことを看過《みす》ごしているという、自分の怠慢と言おうか鈍感と言おうか、とにかくそうしたものへの苛立《いらだ》ちでもあった。

鏡台以来、浅見は平静でいられなくなっていた。こんな不可解な、理不尽な贈り物を送りつけられたというのに、何のリアクションもできないまま時間が経過してゆくことに、日ごといらいらがつのった。

(何かを見落としている——)

潜在意識の底でしだいに領域を広げつつあるその思い込みは、もはや強迫観念に近く浅見の心に揺さぶりをかけてくる。

たしかに浅見は何かを見たのだ。その見たことに対して、その時は気付かなかったけれど、記憶の触覚はちゃんと「何か」をキャッチしていたというわけだ。そういう体験は浅見には過去、何度となくあった。しかし、これほどまで記憶の再生に苦労したことは、いまだかつてない。よほど条件の悪い状況で記憶されたか、あるいは、浅見の人並みはずれた直感や推理力が減退したということなのかもしれない。

とはいっても、文瀬夏子に関して浅見が見たことといえば、送られてきた鏡台と、田園調布の邸だけである。その中に記憶再生の端緒があるというのだろうか？

鏡台をいくら眺めても、見えるのは自分の浮かない顔ばかりである。

浅見は考えあぐねて、ふたたび田園調布へ出掛けてみることにした。あのいけ好かない建物や鉄格子の門でも見れば、何かいい知恵が浮かぶかもしれない。

あれからすでに十日が経《た》っている。梅雨は西日本に大雨を降らせたが、関東地方はシトシト雨程度で、もうすぐ梅雨明けの気配になっていた。

閑静なはずの街がなんとなくざわついている。文瀬家の前の道路は、違法駐車の車がズラッと並んで通りにくい。鉄格子の門は大きく開かれ、出入りする人で賑《にぎ》わっていた。

ただし、人々は黒い衣装に身を包み、ただでさえ湿っぽい梅雨空の下を、屈託しきった顔で行き来する。

門からポーチまでのあいだには、左右に大きな花輪が飾られ、黒と白のだんだらの幕が建物の壁や植え込みを隠している。

(葬式——、誰の？——)

浅見は胸騒ぎに襲われた。車を停めて、通りがかりの喪服の女性に訊《き》いた。

「あの、文瀬さんのお宅、お葬式のようですが、どなたが亡くなられたのでしょうか？」

「若奥様ですよ、夏子さんとおっしゃる。まだお若いし、お美しい方なのにねえ……」

ガーンと、たしかに浅見の頭の中で衝撃の音がした。相手の女性に礼を言うことすら忘れた。

(夏子が、死んだ——)

浅見の脳裏には、あの夕方の、メジロの死を告げにきた少女の泣き顔が浮かんだ。それ以外の夏子の顔を思い出そうとしても、どうしても思い浮かばなかった。

いつかの酒屋の前で車を降りた。酒屋のおばさんは浅見を憶えていないらしかった。

「文瀬さんの若奥さんが亡くなられたそうですねえ」

浅見は努めて平静を装って言った。

「まだお若いのに、お気の毒ですねえ。何で亡くなったのですか?」

おばさんは冷たく反応した。背を向けると、怖い口調で「知りませんよ」とニベもなく言った。それでかえって、浅見はおばさんが真相を知っていることを確信した。知っていて喋《しゃべ》らないとなると、訊きに行く場所は決まっている。

浅見は車を所轄の東調布署へ向けた。以前、戸《と》塚《つか》署にいた橋本《はしもと》警部が、ここの刑事課長になっているはずであった。橋本が担当した事件があわや迷宮入りかという時、浅見の助言で解決したという貸しがある。

「やあ、しばらくですなあ」

橋本は少なくともうわべだけは、この刑事局長の弟を歓迎してみせた。

「××丁目の文瀬さんという家で葬儀があるようですが」

浅見が言うと、「へえー、さすがですね」と煽《おだ》てるようなことを言った。

「勘がいいというか、鼻がきくというか、やはり名探偵の素質があるのですなあ。あの文瀬さんの奥さんね。事故死ですよ、事故死」

橋本は無感動な口調で言った。

「事故死？……」

「ええ、一応、司法解剖に回しましたがね。強度のノイローゼだったそうで、トランキライザーの飲み過ぎですな。もっとも、直接の死因は吐瀉物《としゃ》による窒息《ちっそく》死か、心臓麻痺《まひ》か、あるいはその両方か、微妙なところらしいのです。しかし私に言わせれば、ここだけの話ですが、あれはもしかすると自殺だったかもしれませんな」

「自殺？……」

「いや、だからここだけの話ですよ。浅見さんは無茶なことはしないと分かっているから言うんです。マスコミの連中には内緒にしといてくださいよ」

「もちろん言いません。しかし、自殺だったかもしれないというのはほんとうのことですか？」

「はっきりそうだとは言えませんがね。ほら、女流作家が薬の飲み過ぎで死んだ事件があったでしょう。あれとほとんど似たようなケースなのです。まあ、遺書もないし、本人に死ぬ気があったことを証明できないから、事故死ということにしたが、いちどにあれだけ大量の薬を飲むというのは、ふつうじゃないですからな」

「家族はどう言っているのですか？　自殺の可能性については」

「むろん否定していますよ。最初は事故死だということも認めたがらなかったくらいですからね」

「なぜですか？　薬物が原因であることは、はっきりしていたのでしょう？」

「そうなんですがね、心臓衰弱が原因だと主張して、ずいぶんてこずりました。なにしろ向うは医者ですからね、始末が悪い。奥さんの死よりも家名のほうが大事ということでしょうかねえ」

浅見は怒りが湧いてきた。

「他殺の可能性はなかったのですか？」

「他殺？……」

橋本は目を剝《む》いて、慌てて周囲を見回した。

「脅かさないでくださいよ」

「脅かしているわけではありません。ただ、そういう観点でお調べになったかどうか、お訊《き》きしただけです」

「そりゃねえ、とにかく変死事件ですからして、警察としては所定の手続きに準じた作業をすすめるわけで、その段階で不審点がないという結論に達したのですからして……」


気のせいか、浅見にはなんだか橋本警部の口調に歯切れの悪いものを感じてしまう。

橋本の説明によると、その朝、文瀬夏子の「異常」に最初に気付いたのはお手伝いの佐野和恵《さのかずえ》だったそうだ。ふだんは遅くとも七時には起きて、家事を始める「若奥様」が、七時十分を過ぎても寝室から出てこない。どうしたのかしら？——と不審に思っているところに、若先生の聖一から電話があった。

「ちょっと待ってください？」

と浅見は質問を挟んだ。

「その日の朝、文瀬聖一さんは外にいたのですか？」

「ああ、病院に泊まりだったそうですよ。それで、奥さんの様子を聞くために電話したのだそうです。奥さんはだいぶ以前からノイローゼ症状が出ていて、きわめて情緒不安定な状態だったらしい。はっきりは言わないのだが、異常な行動に走る危険性がしばしばあったようですな。だから、外出もめったにさせなかったし、どこかへ出るという際には、必ず誰かが付き添って出た。それも、ごく近いところ程度で、デパートとか人ごみには出さなかったそうです」

「つまり、彼女は絶えず監視されていたということですね」

「まあ、そういうことになりますかねえ」

「ノイローゼの原因は何だったのですか？」

「はっきりしたことは分からないのですがね、早い話、子供が出来ないことを苦にしたのじゃないか――というのが、家族の人たちの見方でした」

橋本は言って、話を続けた。

和恵が「まだ奥様はお寝《やす》みです」と言うので、聖一は寝室のほうの電話にかけたが、夏子は出ない。（おかしいな――）と思って和恵に様子を見に行かせた。和恵は母屋とは廊下で繋《つな》がっている離れに行き、寝室の外から声をかけたが応答がない。（変だわ――）と思って電話口にとって返して聖一にそのことを告げた。

聖一はすぐに病院から駆けつけ、寝室の鍵《かぎ》を開けてベッドの上で絶息している夏子を発見した。枕元《まくらもと》の精神安定剤のビンが空になっている。急いで強心剤を打ち、胃を洗浄したがついに回復しなかった。

「救急車が来た時には、すでに体温も低下して、完全に死亡していました。それでそのまま収容せずに引き上げたのだそうです」

「胃洗浄をやってしまったのでは、解剖しても薬の量がどれくらいだったのか、判断できなかったのではないですか?」

「まあそうですが、しかし、あの場合、医師としては当然の処置でしょう。それに現に致死量だったことはまちがいないのです。とはいっても、ご主人としては奥さんにビンごと薬を与えていたことは自分のミスだったと、しきりに悔やんではいましたがね。最初は少しずつ渡していたのだが、奥さんが私だって医者の妻だから、薬の量を間違えるなんてことはないと言ったのだそうです」

「そんな薬に頼らなくてはならないほどだったのですか?」

「そのようですな、かなりひどい不眠症だったらしい。原因はさっきも言ったように、子供が出来ないことだったというのだが、しかし、われわれが近所で聞き込んだ印象では、どうもそればかりじゃなくて、ほんとうの原因は家風に合わないことのほうを苦にしていたフシがありますな」

「家風に合わない?……」

「ああいう格式の高い家は何かと大変なんじゃないですか? 嫁に来た頃は、気軽に一人で近所に買物に出て、立ち話なんかもしたりして、明るい若奥様という評判があったそうですが、大奥さん——つまりお姑《しゅうとめ》さんに叱《しか》られたらしいのですな。プッツリ外出しなくなって、たまに出る時はご亭主かお姑さんと一緒というような具合で、あれじゃ息が詰まるだろうと、そういう噂《うわさ》ばかりでしたな」

「それじゃ、まるで精神的に追い詰められて死んだのと同じじゃないですか。殺されたといってもいいくらいです」

「そんな過激な……。冗談にでもそんな物騒なことは言わないでくださいよ。仮にもここは警察なのですからな。本官の立場というものも考えてもらわないと困りますよ」

「しかし、冗談ではなく、殺人事件の可能性はないのですか?」

「あんたねえ……」

橋本警部はとうとう、うんざりしたように両手を広げた。

「浅見さんみたいな素人さんは、そういうほうが面白くていいかもしれないが、警察はプロですぞ」

「プロでも間違いはあるでしょう。医者だって誤診というのがあるのですから」

「浅見さん、言葉が過ぎませんか?」

さすがに橋本も気色《けしき》ばんだ。

「いくら局長さんの弟さんだからといって、言っていいことと悪いことはあるでしょう」

「すみません、つい夢中になってしまったものですから……」

浅見は頭を下げた。頭は下げたが、疑いがすべて解消したというわけではなかった。

だいたい、警察のやることはすべて間違いがないと思えというのが、どだい無理な話だ。それどころか、捜査ミスやえん罪事件があとを絶たないのは、われわれのよく知るところである。

それに、警察官といえどもサラリーマンであり、労働者であることは、一般人と基本的に変わらない。時間外労働などは、なるべくなら願い下げにしたいというのが本音だろう。自殺か他殺か断定が難しいような場合には、心情的に自殺のセンを推したくなる。いや、冗談でなく、そういうことが現実に起こる可能性は少なくないのだ。

4

浅見光彦としてはこんなに冷静を欠くことはめったにあるものではない。憤懣《ふんまん》と疑惑といらだちで、東調布署を出る時には、浅見はほとんど錯乱状態といっていいほどだった。

浅見がようやく平常心を取り戻したのは、自宅に戻り着いてしばらく経ってからだ。

浅見は戸棚の鏡台を取り出した。夏子の急死と、この鏡台を送って寄越したことの唐突さとが、ぜんぜん無関係とは考えられない。少なくとも、鏡台を宅配便で発送した時点では、夏子は健康体であり、精神状態もある程度はしっかりしていたはずだ。その後に急激な錯乱がきたということなのだろうか？

浅見は鏡の面に映る自分の顔を睨《にら》んだ。ここに夏子の顔が映っていた日々があって、それはもはや永遠に戻ることはないのだ――と思った。鏡は女の魂《たましい》を宿《やど》すというけれど、もしそうであるなら、この鏡に夏子が託した想いを告げてもらいたい。

そうなのだ、夏子はたしかに鏡台を送ることで、何かを浅見に告げようとしたにちがいないのだ。それは分かり過ぎるほど分かっている。だのに何も伝わってこないというもどかしさ――。

それはともかくとして、この鏡台をどうすればいいのかが当面の問題として残っていた。夏子の遺品として、浅野家に届けるべきなのだろうか。このままここに置いておくわけにもいかないし、さりとて粗大ゴミとして処分するのはしのびない。

結局、ここに送られてきた時のように、宅配便で夏子の実家に返すしかなさそうだ。

浅見はドライバーを持ってくると、物憂《ものう》い仕種《しぐさ》で鏡台の分解にかかった。鏡面を外し、左右の支柱を外し、支柱を取りつけてあった枠を台座から外す。

枠の下面に残るサインペンの文字が、夏子の遺書のように、浅見の目に映った。

——わくをした——

妙な注意書きだ——と浅見は思った。「枠を下」という意味なのだろうけれど、なぜわざわざ平仮名《ひらがな》で書いたのだろう? それに、同じ書くとしても「わくをしたに」と分かりやすく書きそうなものではないか。なぜそうしなかったのか。

浅見はふいに寒気に襲われた。

「ばかな!……」

自分自身を罵《ののし》った。どうして気付かなかったのだろう——。この稚拙《ちせつ》な文字を、あの賢明な夏子がただ意味もなく書くはずがないではないか。

浅見は紙をとって、五十音を横一列に「あいうえお……まみむめもや」まで書き、その下にアルファベットを「ABC……XYZ」、そのあとに「123……890」を並べて書いた。それは小学校時代、夏子とのあいだだけに通じあう暗号遊びのルールだった。

「あ」は「A」、「い」は「B」にそれぞれ相当する。「I」は「け」、「YOU」は「のそな」、「LOVE」は「しそにお」である。「I LOVE YOU」はしたがって「けしそにおのそな」だが、単語と単語の間には「ゆ」以降の使わない文字を適宜入れればよい。たとえば「けわしそにおろのそな」といった具合だ。

この方法で「わくをした」を解読すると、「×HELP」となる。頭に「わ」を入れたのは単に

「くをした」では意味がなく、怪しまれることを警戒したのだろう。「お」とすべきところを「を」としたのも「枠を下」の意味を持たせるための配慮だ。

――HELP――

夏子は助けを求めてきたのだ。

浅見は茫然《ぼうぜん》とした。

どのような理由をつけて、この鏡台を送ることにしたのかは知らない。しかし、とにかく四六時中、家人の監視下にあった夏子にとって、宅配便を送るというあの瞬間が、わずかに許された千載一遇のチャンスだったのだろう。宛名を「浅見光彦」に書き換えた時、夏子の胸はただひたすら、奇蹟《きせき》を願う思いで一杯だったにちがいない。

その願いも空《むな》しく、夏子は死んだ。

夏子の死がたとえ「事故死」や「自殺」であったにもせよ、夏子が死を予感し、浅見に救いを求めるシグナルを送って寄越した事実は消すことができない。

浅見は拱手《きょうしゅ》して、夏子の死を見送ってしまったのだ。

勃然《ぼつぜん》と怒りが湧いてきた。自分に対する怒りと、それ以上に夏子を死に追いやった文瀬家の理不尽への怒りだ。その怒りを鎮《しず》める想いを込めて、浅見は、分解した鏡台をふたたび組み立てた。鏡を見ると、眼をうるませた男の顔が映っていた。

鏡台を大きな風呂敷でくるんで、ソアラの助手席に載せた。走っている時、そこに夏子が坐《すわ》っているような幻覚に襲われた。

上中里の浅野家に着いたのは夕刻近かった。一方通行の細い通りで、浅見の車の前を走っていたハイヤーが停まって、黒い喪服姿の乗客が三人、降りた。

浅見は車を道路の端に寄せて停め、三人の最後の一人である女性が玄関に入るところを呼び止めた。

「失礼ですが、浅野夏子さんのお姉さんですね?」

わざと夏子の旧姓を呼んだ。

女性は悲しみに満ちた顔を、けげんそうに振り向けた。

「僕、浅見といいます。夏子さんとは小学校時代に一緒でした」

「ああ……」

女性は小さく頷いた。

「憶えています。たしか、学級委員をなさっていたのでは? 夏子と仲よしで、メジロをいただいたことがありましたわね」

「はあ……」

浅見は鼻の頭がツンときて、あやうく涙を見せそうになった。

「あの、夏子さんが、お亡くなりになったそうで……」

「はあ……」

女性は玄関の奥を窺《うかが》って、

「ちょっとお寄りください。両親もきっと喜びますから」

「そうさせていただきます。じつは、お届けに上がったものがあるのです」

浅見は車から鏡台を運び出すと、まるで遺骨を抱くようにして玄関を入った。

両親も、ことに母親のほうがかなり鮮明に浅見少年のことを記憶していてくれた。やはりメジロの一件は夏子と彼女の家族にとっては、忘れがたいエピソードだったのだ。

応接間に案内されて、浅見が包みを解いて鏡台を見せると、母親は泣きくずれた。嫁入り前に母親とデパートに行って、夏子が気に入って選んだのがこの鏡台だったという。その白い鏡台が、八年後に、文字どおり無言の帰宅をした。

「でも、なぜ浅見さんのお宅に？……」

当然の疑問であった。浅見はダンボール箱に最初に書いた「浅野静香様――」という宛名が消され、自分宛の伝票が貼られていたことを説明した。

「静香は私ですけど……、でもなぜ夏子はそんなことを？……」

夏子の姉は眉《まゆ》をひそめた。夏子よりは三つか四つ歳上に見えるが、苗字が変わっていないのは未婚ということなのだろうか。それとも婿《むこ》を取ったのだろうか。しかし、そんなことを訊く場合ではなかった。

「鏡台をこちらに送るという、夏子さんからの連絡はあったのでしょうか？」

「いいえございませんわよ。夏子からは一週間に一度ほど、電話連絡はございましたけど、そんなことはついぞ申しておりませんでしたわ」

「え？　電話はなさってたのですか？」

浅見は少し意外な気がした。だとすると、夏子が監視づきだったというのは、当たっていないのかもしれない。

「ええ、割と頻繁《ひんぱん》にございました」

母親が涙を拭《ぬぐ》って答えた。

「どういう……、つまり、話の内容ですが、愚痴《ぐち》とか心配ごととか、そういうことはおっしゃらなかったのでしょうか？」

「いいえ、愚痴は一度も。ただ、とおりいっぺんのことばかりで、元気だから心配するなとか……。へんに他人行儀なことばかりで、やっぱり少し精神状態がおかしかったのかもしれません。もともとは陽気な子でしたから、嫁いだ当座は毎日のごくつまらないことをよく喋《しゃべ》ったりしていたのに。先様のお宅がそういう家風なのでしょうか、無駄ばなしは一切しないようになりましたわねえ。なんだか夏子らしくなくて、気にはなっていましたけど。あんなふうになるには、いろいろ気苦労があったようで……。それなのに何もしてあげられなくて……」

母親はしきりに悔やんだ。「何もしてあげられなかった」というのはまさに浅見自身の想いと共通のものであった。

「手紙などはきていましたか?」

浅見は訊いた。

「ええ、手紙は私のところにずいぶんきています」

姉の静香が言った。

「でも、このごろのはやっぱり素っ気ないことばかり書いてあって。それも全部葉書で。それに、文章もずいぶんおかしなところがあったりして。いまにして思うと、それも変調の証拠だったのかもしれませんわね」

「その葉書、まだ保管してありますか?」

「ええ、全部残してあります」

「それを見せていただくわけにはいかないでしょうか?」

「え? それは……、ええ、構いませんけど。でも、あまり面白いことは書いてありませんのよ。文章も夏子らしくなく、下手くそですし」

「でも、ぜひ拝見させてください」

浅見の異常な熱心さに、静香はようやく何かあるらしいことを察知して、そのとたんに思い出したらしく、叫ぶように言った。

「ああ、それじゃ、あの『浅見さんのおばさまによろしく』って、もしかしたらあなたのお母様のことだったのかしら？」

「は？……」

浅見は何のことか分からず、問い返した。

「いえ、夏子からの葉書に、必ずと言っていいほどそう書いてあるんです。でも浅見さんのおばさまというのに心当たりがなくて……。そうだったのねえ、あなたのお母様のことを言っていたんですわね」

「しかし、夏子さんは僕の母とは会っていないはずですが……」

「あら、そうですの？　じゃあどういうことなのかしら？……」

静香は不思議そうに考え込んでいたが、やがてその想いを断ち切るように、立ち上がった。

「ともかく夏子の手紙をお見せしましょう。ここより私の仕事部屋のほうが落着きますから、あちらへどうぞ」

そう言ってから、母親に「お寿司、頼んだら」と小声で言った。

（あっ――）と浅見は時計を見た。無我夢中で飛んできたが、夕飯どきにかかる時間だ。

「お食事していってくださるでしょう？」

静香は機先を制するように言った。

「せっかくいらしたんですもの、昔の思い出ばなしをしてやってください」

「はあ……」

浅見は複雑な想いで頷いた。

5

静香の仕事部屋というのは十二畳の和室であった。柱や襖《ふすま》、床の間の違い棚などは純日本風だが、畳の代わりに硬めのカーペットを敷き、部屋の中央には緑色の毛氈《もうせん》のようなものを敷いてある。その脇《わき》には書道の道具類が揃《そろ》えてあった。

「書道をおやりになるのですか？」

「ええ、まだ修行中ですけれど」

静香は微笑《ほほえ》んで言った。そう謙遜する者にかぎって、すでにかなりの境地に達しているケースが多いものだ。

静香は浅見に座蒲団《ざぶとん》をすすめ、自分はカーペットの上にじかに正座した。

黒漆《くろうるし》に螺鈿《らでん》の象嵌《ぞうがん》を施した文箱《ふばこ》を開けると、かなりの枚数の書簡が見えた。そのほとんどは葉書である。

「これ、全部夏子からのものですよ。最近のものはみんな葉書ですけど」

どうぞ、と浅見の膝《ひざ》の前に文箱を滑らせて寄越した。

浅見は一礼して文箱の中からごく最近のものだけを数葉、手に取った。

一枚目を見た瞬間、（あっ）と思った。そこに、鏡台に書いてあったのと同じ文字を、それも二個所にわたって書いてあるのを発見したのだ。

葉書の文面は、ありきたりの時候の挨拶《あいさつ》に始まって、差し障《さわ》りのない内容で終わっているように見える。問題のくだりは次のようなものだ。

大切なコートにカビが生えて困わくをした

りしております。これも娘時代にらくをした罰かもしれません。

傍線を引いた部分はいずれも「くをした」である。鏡台の「わくをした」と同じ意味を持つ暗号であることはまちがいない。

夏子はそれをはっきりさせるために、二度も不自然な文字を並べたのだ。「困惑を」と書くべきところを「困わく」と書き、「楽をした」を「らくをした」と、わざわざ仮名を用いている。

――HELP!　HELP!――

浅見には夏子の悲鳴が聞こえるような気がした。

「ずいぶん下手くそな文章だとお思いなのでしょう?」

静香は苦笑を浮かべながら、寂しそうに言った。

「この『困わく』と『らく』を平仮名で書いたのには、意味があるのです」

浅見は平板な口調で言った。静香は「は?……」と、妙な顔になった。

「すみません、さっきの鏡台をこちらに運んできてもいいでしょうか?」

「え?　ええ、それは構いませんけれど」

「それと、ドライバーを貸してください」

浅見は応接間から鏡台を運んで、分解し、「枠」の部分の下面を静香に見せた。

「ここに『わくをした』と書いてあるでしょう。これと、葉書にあるこの部分とは、まったく同じ文字の配列になっていることに注意してください」

「まあ、ほんとだわ……」

静香は驚いた。

「じゃあ、『枠』『惑』『楽』を平仮名で書いたのには、共通の意味があるということなんですの？」

「そうです」

浅見は昔の「暗号遊び」のことを説明した。そして『くをした』と横書きして、それぞれの文字の下に「ＨＥＬＰ」をあてはめた。

「ＨＥＬＰ……」

驚愕《きょうがく》のあまり、静香は痴呆《ちほう》のように口を開けて、しばらくは動けなくなった。

「夏子は『ＨＥＬＰ』って書いたんですか？　これ、ほんとに？……」

呻《うめ》くように言った。

「そうです。それ以外には考えられません」

浅見はゆっくりと断言した。

「でも、どうして……、何を……。夏子はなぜそんな暗号を……」


静香は混乱して、支離滅裂なことを口走った。

「夏子さんの様子が変わったとおっしゃいましたね？　電話もそれに手紙もとおりいっぺんの内容で、他人行儀なものになったと。しかも最近の手紙はすべて葉書だったのではありませんか？」

「ええ、そのとおりですけど……」

「葉書なら検閲ができますからね」

「検閲？　あら、うちではたとえ妹から来た手紙でも、検閲するような不作法なことはいたしませんわよ」

「いいえ、こちらのお宅ではなく、文瀬さんのお宅のことを言っているのです」

「文瀬さんが？」

「そうです。おそらく、夏子さんがこちらに出す手紙をすべて葉書に限らせたのは、文瀬家の方針だったのでしょう。手紙だけでなく、電話も誰かが監視している状態でかけさせられていたはずです。つまり、ごく差し障りのない通信しか許されなかったということなのです」

「まあ……、そんな、ひどい……」

静香は込み上げる悲しみと怒りで、美しい顔を歪《ゆが》めた。

「でも、なぜそんなひどいことを?……」

「それはこれから調べるしかありません。それで夏子さんの葉書を拝見したいのです。もしかすると、夏子さんが伝えたかったことが、どこかに暗号で隠されているかもしれないと思ったのです」

浅見は言いながら、二枚目の葉書に目を通した。

「でしたら、きっとこれですわ」

静香がはげしい口調で、その葉書の文面の一部を指し示した。

「これ、とても変な文章で、とても気になっていたんです」

それは料理のことについて書いてある。見逃せばべつにどうということもなさそうな内容だった。


……母さんに言われた通り、さけしししすを料理のコツだと思って……


「この『さけしししす』なんて、うちの母は一度も教えたことがないって言うんです。お料理のコツは『さしすせそ』って言うのはありますけど、『さけしししす』だなんて聞いたことはありませんわよね。ですから、いったい夏子はどうなっちゃったのかしらって、みんなで心配していたんですの。これが浅見さんのおっしゃる暗号だとするとどうなるのかしら?」

「もし暗号だとすれば、『さけしししす』だけでなく、そのあとの『を』までが含まれるはずです。それでやってみましょう」

浅見は紙の上に文字を並べた。

さけししすを
ＫＩＬＬＭＥ

「ＫＩＬＬ　ＭＥ！……」

二人は同時に叫んだ。そのあとに続けた言葉は、しかし違った。静香は「まさか……」と言い、浅見は「なんてことを……」と悲痛に呻《うめ》いた。

「嘘《うそ》でしょう？　まさかこんなことがあるわけないわ」

「どうしてですか？　現に夏子さんは亡くなったじゃありませんか。それに、この暗号がその事実を物語っています」

「でも、それはただの偶然かもしれませんわ」

「偶然？……、何を言うのです。あなた自身、夏子さんの書いたこの文章がおかしいとおっしゃったじゃないですか？」

「ええ、それは……。でも、夏子がそんなふうに記憶違いしたのかもしれませんし……。第一、殺すって、誰が夏子を殺すっていうのですか？」

「それもおそらく、これと同じように、ほかの手紙のどこかにヒントが示されていると思います。とにかく、夏子さんは根気よくお姉さんのもとへ暗号を送り続けていたのです。『浅見さんのおばさまによろしく』と書くことで、いつかきっとそのことが僕に伝わると信じていたのだと思います」

「じゃあ、私がそれに気がつかなかったために、夏子は……」

静香はそそけだった表情になった。

「いえ、お姉さんが気付かないのは無理がないのです。しかし、この鏡台を送られた時点で、なぜ僕が気がつかなかったのか、残念でたまりません」

「ちがいます、それより前に私が気付くべきだったのです」

静香はきびしい口調で言った。それは浅見の悔恨を慰めるための言葉ではなかった。

「夏子はずっと以前――もう何年も前になりますけど、最後に家に遊びに来た時、もしかすると、殺されるかもしれない――と、冗談のように言っていたことがあるのです」

「………………」

「いえ、私は冗談だと思っていました。夏子も笑いながら言っていましたし、一種ののろけかなって思ったりして……。でも、それが最初の兆候だったのかもしれません」

「殺されるとは、なぜ、誰に殺されると言っていたのですか?」

「聖一さん――夏子の夫にです。『あの人に殺されちゃうかもしれない』って」

「なぜ?」

「愛されすぎているからって……」

「そんな……」

「そうでしょう、そんなばかなって思うでしょう? だから私もそう思って、のろけだと思って……。でもそうじゃなかったのかもしれませんわね。あの子は切実にそういう危険のあることも訴えたかったんですわ。夏子はこう言っていたんです。『文瀬の家では、どこへも出してくれない。私には自由がない』って。『もし私がよその男性と会ったとしたら、たとえただ言葉を交わしただけでも殺されちゃうだろう』って。だから私は『おのろけもいいかげんにしなさい』って怒鳴ってやったんです。大笑いしながら……。あの子も笑ってたけど、心の中ではどう思っていたか……。こんなこと姉の私から夏子の幼馴染《おさななじみ》であるあなたに打ち明けるのはどうかと思うんですけど、夏子は聖一さんに、ほんとに舐《な》めるような愛され方をされてたみたいなんですのよ。『髪の毛の一本一本をいつくしむように洗ってくれるの』って、それをうつろな目をして言うんです。それからすぐに笑って『気味が悪いでしょう』って。そういうのをみんな、夏子らしい悪い冗談だと思っていましたけど、それっきりあの子は実家に戻ることがなくなったんです」

静香はしだいに思いつめた眼になっていった。色白の美しい顔だけに、怒りと悲しみが凝縮した表情には凄味《すごみ》があった。

6

その晩、浅見は午前二時を過ぎても、ベッドに入らなかった。

午前二時は浅見にとって魔の時刻である。浅見は犯罪捜査ではスーパースターなみの才能を見せるくせに、根っから臆病《おくびょう》な人間なのだ。午前二時――丑《うし》三つ刻《どき》が近づくと、浅見は毛布を被《かぶ》って寝てしまう。

丑三つ刻にお化けが出ることを、本気で恐れている。お化けや霊魂が存在するかしないか――などという科学的な論拠などとは関係ない。要するに感性の問題なのだ。たとえ現実に幽霊を見たとしても、あれは違うと強情を張るような人だっているだろう。それとは逆に見なくても感じる人間も、世の中にはいるということだ。

浅見だって科学的に幽霊が存在するなどと分析したり、確信したりしているわけではない。本当に見たのか――と問いつめられれば、沈黙するしかない。

しかし感じるのだ。夜、寝ている部屋の暗闇《くらやみ》の中に、ひっそりとうずくまる白い影のあることを――。夕闇の迫る森の中を、けものでもなく風でもない何かの気配が通り過ぎるのを――。もしあなたがそういう感性の持ち主であるなら、たぶん浅見光彦と同質のナイーブで心優しき人にちがいない。そうして午前二時を怖がる臆病人間であるはずだ。

その浅見が丑三つ刻に気付かないほど、机の上の作業に没頭していた。

机の上には夏子の葉書が古いものから順番にきちんと並べてある。一見するとなんでもない、ただの近況報告や時候の挨拶を書いたものばかりだ。しかし、その内のあるものには、たしかに意識的にそうしたとしか思えない稚拙な、あるいは不自然な文章が散らばっていた。

浅見はとにかくそういった違和感をもたせるようなセンテンスを拾うことから作業を始めた。

といっても、不自然な文体がすべて何かの暗号であるということでもなさそうだった。拾い上げて解読しようにも、どう考えてもまったく意味をなさないものもある。夏子がそれを「検閲」の目を誤魔化《ごまか》すためのカムフラージュとしてわざと使ったのか、それとも現実にいくぶんノイローゼ状態にあったための異常なのか、浅見にもはっきりとは分からなかった。

——さけしすを（ＫＩＬＬ　ＭＥ）——というのは、さすがにあの一枚の葉書にしか使っていない。

それに対して、三通の葉書の中に、なんと合計して五度も同じ文字配列が現れているものがあった。

> このごろ人の世のなさけわ大切だと、つくづく思うようになってきました。少しおとなになった証拠でしょうか。

右の文章に見られる、『のなさけ』がそれである。そのあとに『は』とすべきを『わ』としていることで、読む者にこれが暗号であることを気付かせる工夫をしている。

この「世のなさけわ」または「世のなさけが」というのが三個所あった。一通にはこんな文章もあった。

> 父さんの厳しさの裏のなさけより、母さんの見え透いた甘やかしのほうが、好きでした。

これなどなかなか含蓄《がんちく》のある内容を持っていて、注意しても見逃してしまいそうな、さり気ない文章だ。

「のなさけ」をアルファベットに書き換えると「ＹＵＫＩ」になる。浅見にはこれが何なのか分からなかった。べつに意味がないのかと思いかけた。しかし五度も使っているとなると、やはり何か秘められた意味があると考えるべきなのだろう。

――YUKI――

女性の名前だろうか？　最近、飛び降り自殺をしたアイドルタレントの名前がそうだった。まさか彼女の死が夏子の死に関係していることはないだろうが……。

まともでない文章がときどき現れるので、その中から暗号らしいものを選び出すのが難しい。いちど見落としたものも、再度チェックしてみると怪しい場合があった。

これなどもそのクチだ。

> 今年はまだ六月だというのに、もう夏やせなっております。

最初、読んだ時は完全に見逃した。「夏やせなっております」というのを、意識の上では「夏やせになっております」と、実際には書き落としてある「に」を、勝手に挿入して読んでしまっていた。

この「や」と「り」に挟まれた部分、つまり「せなってお」を解読すると、なんと「NURSE」になるのだ。

――NURSE――

むろん看護婦のことである。

これがその夜の最後の発見になった。時刻はとうに午前三時を回っていた。浅見はようやくベッドに潜り込んだが、興奮してなかなか眠れなかった。

「HELP」に始まって「KILL　ME」「YUKI」そして「NURSE」と出てきた。この一連の単語からどんどんイメージの世界が広がっていった。

それでもいつのまにか眠りに落ちて、目が覚めたのは九時過ぎだった。

起きぬけに浅野家に電話を入れた。静香は午前中は家にいるということだった。浅見は朝食もそこそこにすませ、葉書の入った文箱を抱いて車に乗った。

浅野静香は昨日より、心なしか面やつれしているように見えた。浅見を迎えて無理に作った笑いが、かえってそう感じさせたのかもしれない。

「浅見さんずいぶんお疲れになってらっしゃるみたいですわね」

先を越されて、浅見は苦笑した。

浅見に「発見」についての報告を受けても、静香は昨日ほどは驚かなかった。ひと晩のあいだに、彼女なりにいろいろと思い合わせることがあったのだろう。妹の死がただの事故死や、まして病死なんかでないことを、ゆっくりとだが、確実に自分に言いきかせたにちがいない。

「じゃあ、看護婦で『ユキ』という人が関係しているのでしょうか」

「短絡的に考えればそういうことになりますが、それ以外にもまだ何か隠された暗号を見落としているのかもしれません」

「でも、夏子にしてみれば、そうそうおかしな文章を書くわけにはいかないのですし、伝えたいことを一つずつ、バラバラに送らなければならないという制約があったのですから、必要最小限の単語を繰り返し送るようにしたのだと思います。短絡的でもなんでも、その僅《わず》かな情報の中から、あの子の意図を読み取るしかないのではないでしょうか」

「はあ……」

浅見はむしろ気圧《けお》されるものを感じた。静香という女性は、外見はたおやかに見えて、その実、こうと決めたら躊躇《ちゅうちょ》しない強靭《きょうじん》な意志力の持主であるらしい。

「それで、浅見さんはこれからどうしたらいいと思ってらっしゃるのですか？」

「いや、それはまだ考えていません。こんなふうに暗号を解読して、かりにこれが、ほんとうに夏子さんのメッセージだったとしても、現実にそういう事件や犯行が行われたかどうかは分からないのですから」

浅見は静香の積極性をむしろ警戒する気持ちで、抑《おさ》えるような口調になった。

「じゃあ、まずそこから調べなければならないっていうことですわね」

静香は浅見の慎重さにかえって煽《あお》られたように、勢い込んで言った。

「まあ、そういうことですが……」

「私は何をしたらいいかしら。その『ユキ』という看護婦がいるかどうか、そこから始めましょうか？」

「ちょっと待ってください」

浅見は慌てた。

「お姉さんが乗り込んで行っては、怪しまれて具合が悪いでしょう。看護婦のほうは僕が当たります」

「それじゃ私は？」

「差し当たってはどうすることもできませんので、僕の報告を待っていてください」

「それはだめです」

静香は首を横に振った。

「あなたよりはむしろ、妹の無念を晴らす仕事は、私がしなければならないことなのですから」

テレビの必殺仕事人のような過激なことを、平然と言ってのける。いや、真直ぐ正面を向いた姿勢でそう言うのを聞くと、絵空事《えそらごと》どころではなく、ほんとうに「復讐劇《ふくしゅうげき》」を実行しかねない迫力があった。

「そのお気持ちは分かりますが、とにかく僕の報告を待ってからにしてください。『ユキ』というのが、看護婦のことなのかどうかもはっきりしていない現状では、手の打ちようがないのですからね」

駄々っ子を宥《なだ》めすかすように、浅見は言った。

7

その『ユキ』という看護婦が実在したのである。精神科病棟の鳥須友紀《とりすゆき》という女性が、文瀬病院に勤務している唯一の『ユキ』であった。

もっとも、だからといって、夏子が送ったメッセージの『YUKI』が鳥須友紀であるという証拠はまだない。

浅見も静香も、『ユキ』という名前が出た時点で、当然ながら、夏子の夫である文瀬聖一の女性関係が「事件」の発端であり、『ユキ』がその女性なのではないか――という疑いを抱いている。問題はその『ユキ』が鳥須友紀であるかどうかだ。『ユキ』という名前はそう珍しくない。たまたま、文瀬病院にそういう名前の女性がいたからといって、それが「問題の」ユキであるとはいえたものではない。

浅見がひととおり調べたところによると、文瀬病院は、神経科が中心だが、関連して精神科を併《あわ》せもっている。軽度の症状の患者を比較的短期間、入院加療する設備も人的態勢も整っている。看護婦の総数は六十四人。病院の寮に住んでいる者と通勤者とが半々だそうだ。

鳥須友紀は通勤組である。自宅は病院から徒歩で十分あまりのマンションに独り住まい。若い看護婦としてはかなり豪勢な暮らしというべきであった。その点だけでも病院長の御曹司《おんぞうし》との関係を疑えば疑えるが、しかし、あくまで想像の域を出ない。

この辺が素人探偵の泣きどころだ。直接的な捜査活動ができないし、まして、本人を摑《つか》まえて問い質《ただ》すことなどできっこない。わずかに通勤の途中、それとなく接近したり、車の中から望遠レンズをつけた隠しカメラで撮影するくらいが関の山だ。

鳥須友紀は美貌《びぼう》であった。年齢は二十九歳。女性としては若いとはいえないが、看護婦としては、若さといい経験といい、もっとも理想的な年代といえる。

これで、相手が内科勤務ででもあれば、仮病《けびょう》を装って接触することもできるのだが、なにしろ精神科とあって、浅見には手の打ちようがない。

（警察に頼むか——）とも思った。例の東調布署の橋本刑事課長を訪ねて、それとなく文瀬聖一に女性関係があるかどうか訊いてみたけれど、反応はさっぱりだった。

「なあんだ、あの事故のことをまだ追っ掛けているんですか？」

まるで大昔の話でもするような目で、ジロリと見て、

「さあ、どうですかなあ、まあ女遊びの一つや二

つはあるでしょうが。なるほど、それがノイローゼの原因になったのではないかということですか？　そうかもしれませんね。しかし、そういうのは珍しくもないことですからなあ」

　喋るだけ喋ると、ちょっと会議がありますので——と、背中を向けて行ってしまった。

　警察を引っ張り出すのは不可能に近いと思った。あの葉書の「暗号」を見せたところで、「ノイローゼ」で片づけられてしまうのは目に見えている。そんな子供だましのいたずらに付き合っていられますか——と、笑われそうだ。

　第一、文瀬病院は信用も実績もある格式高い病院である。患者には政治家や財界人が多い。大先生は精神病理学界に貢献した重鎮《じゅうちん》だし、若先生も東大出のホープである。警察だって、事件捜査の際にはいろいろ世話になっていることが多いのだ。早い話、司法解剖に当たった監察医務院の職員の中には、大先生の薫陶《くんとう》を受けた医師もいるのである。夏子若夫人の「変死」をほとんど病死に近い事故死という扱いで、あっさり処理したのには、そうした背景だって働いていたにちがいない。

　それに、なんといっても、警察はすでにあの「事件」を事故死と断定してしまったのである。いったん公式に決めて処理した事実を蒸し返すことが、事実上不可能に近いというのは、警察にかぎらず、あらゆる役所に共通していえることだ。

　いくら、いまをときめく刑事局長の弟だからといって、一介《いっかい》のルポライターでしかない浅見光彦風情《ふぜい》が躍起《やっき》になったところで、警察組織が動いてくれるはずがない。かといって、まさか局長の兄をつつくことなど、居候の愚弟という身分を考えると、考えるだに恐れ多いのである。

浅見はついに最後の手段に出た。付き合いのある出版社の名前を使って、文瀬聖一にインタビューを求めることにした。「精神病理学界のホープに聞く」という企画はどうだろうと持ち掛けると、編集者は浅見のほうが驚くほど乗り気になった。

「それいいですよ。ちょうど、昨日の新聞で医者の所得の記事が出ていましてね。なんでもふつうの医者は、一般給与所得者の七倍程度だが、精神科の医師はその二倍もあるらしい。なぜいま精神科の医者なのか——ってテーマでね」

浅見はそんな事情はちっとも知らなかったのだが、それはタイムリーだった。

電話で文瀬聖一とアポイントメントを取ると、簡単に応じてくれた。東大出だから、名誉欲が強いのかもしれない——などと、浅見は勝手にうがった見方をした。

文瀬は浅見が想像したとおりの容姿だった。長身、痩《や》せ型、眼鏡をかけ、鼻筋が通り、額が広く、かなりの美男子といっていい。唇の端をキュッと締めるようにして、思慮深そうな話し方をする点も、まさに想像したとおりだったので、なんだか初対面のような気がしないほどだった。

当たり障りのないような、はっきり提灯持ちの記事になりそうなインタビューを終えて、最後にさり気なく訊いた。

「ちょっとお訊きしたいのですが、最近、奥様をお亡くしになったそうですね？」

「ん？　ああ、そうです」

文瀬は脇を向いて答えた。

「失礼ですが、ノイローゼが原因だとうかがいました」

「まあ、そんなところです」

「精神科のお医者さんの奥様がノイローゼというのは、こんなことを申してはなんですが、紺屋《こうや》の白袴《しろばかま》のように思えまして、信じられなかったのですが」

「いや、お恥ずかしい話だが、事実です。しかし、そのことも書くつもりですか?」

「いえ、そういう先生のプライバシーに関わるようなことは書きません。今回の企画とは無関係ですので」

「そのほうがいいでしょう」

文瀬はわずかに笑顔を見せた。そんなことをしたらただじゃすまない——と言いたげであった。

「ところで、ノイローゼの原因は何だったのでしょうか?」

「不妊ですよ」

「え? 不倫、ですか」

浅見はわざと聞き違えたふりをした。一瞬だが、文瀬の顔に狼狽《ろうばい》が走るのを見逃さなかった。

「ばかな、不妊ですよ、不妊。妻は子供が出来ないのを苦にして、自分を必要以上に責めたのです」

「子供の出来ない夫婦なんて、珍しくないと思いますが、そんなに気になさったのでしょうか?」

「ああ、そのようですな。あんた方には分からないかもしれないが、ふつうの家と文瀬家とでは条件が違うのです。もし子供が出来ないと、跡継ぎの問題を生じますからね。いや、もちろん誰もそのことで責めたりはしないのだが、本人は悩んだのでしょうな。まったく可哀相《かわいそう》なことをしました」

文瀬の言葉や態度からは、犯罪行為があったことなど、まるで読み取ることはできなかった。

「奥様とは恋愛結婚ですか?」

浅見は、事件とは直接関係がないけれど、自分としてはもっとも知りたかったことを訊いた。

「いや、見合い結婚ですよ。しかし、知り合ってからは互いに惚《ほ》れあいましたがね」

文瀬がぬけぬけと言うのを聞いて、訊かなければよかった――と後悔した。

「妻の実家は浅野といいましてね、忠臣蔵の浅野家と関係のある家柄なのです。それで選んだということもありますがね」

訊きもしないことを文瀬は自慢そうに披瀝《ひれき》した。浅見はそれ以上は文瀬の秀才面を見ている気がしなかった。結局、この日のインタビューでは、くそ面白くもないおベンチャラ記事を書かなければならないというお荷物だけが、唯一の収穫だった。

浅見は逐次《ちくじ》、分かったことを浅野静香に報告しに行くようにしている。こっちから報告しないでいると、毎晩、定期便のように電話が鳴った。浅見の「捜査」が遅々として進展しないありさまに不満を感じていることは、会って、ひと目顔色を見れば、ありありと分かる。

「その鳥須友紀という女性が、現在、聖一さんと付き合っているかどうかも分からないのですか?」

「いまのところ、まったくその兆候は見られません。あるいは、ほとぼりの冷めるまで自粛しているのかもしれませんが……。といっても、僕がやってることは、せいぜい彼女が外出するのを尾行したりすることぐらいで、それも毎日というわけにはいきません。外出先は病院か、それとも近所のスーパーでの買物ですが、夜中にこっそりマンションを抜け出して、どこかで密会でもしているとなると、お手上げの状況なのです。テレビドラマなんかの探偵だと、もっとうまく立ち回るのでしょうけれどねえ」

「でも、もしほんとうに夏子を殺したのなら――いいえ、実際に手を下してないにしても、死に追いやるようなことをしたのだとすると、その人だって脅《おび》えているはずですわ。女の私だからよく分かるのですけど、いつまでもマンションの部屋に独りでじっとしているなんてこと、とても辛抱できっこありません。我慢の限界っていうものがあります。きっと聖一さんとどこかで会って恐怖を分かちあうはずだと思うんです」

「それはお姉さんのおっしゃるとおりでしょう。僕もその我慢の限界がくると信じているんですが――」

しかし、なみ外れた忍耐力と不屈の精神力の持主だとしたらどうだろう。たとえばロス疑惑の加害者側の一人である若い女性は、殺人未遂のあと、主犯格の恋人と離れて山小屋勤めをしていたという話だ。殺人を犯そうとしたことへの自責の念と、捜査当局の追及の手が及ぶことにたえず脅えながら、しかし彼女は立派に（？）独りで耐え抜いている。

「失礼ですけれど」

と、静香は悲しい目をして言った。

「浅見さんはやはり傍観者でいらっしゃるんだと思います」

「傍観者？……」

「ごめんなさい、いろいろとお世話をかけていながら、こんなこと言うの、とても恩知らずだということは分かっています。もともと、今度のことは浅見さんが見つけて教えてくださったことですし。だけど、私の悲しみや憎しみとは、やはり浅見さんは違うところから夏子の死をご覧になっていらっしゃるんですわ。いいえ、だからって不満だなんて言ってるんじゃないんです。でも、何もできないまま時間が過ぎていってしまえば、夏子の死は闇《やみ》の中に置き去りにされたみたいに、忘られたままになってしまうと思うんです。それが口惜《くや》しいんです。何も知らなければこのままですんでしまったかもしれませんけど、知った以上、残された者として復讐をやり遂げなければならないでしょう」

「復讐……」

浅見はゾクッとした。暗闇の中に潜む白い影の正体を見たような気がした。

「しかし、とにかく事実関係がぜんぜんはっきりしていないのですから、軽率なことはできませんよ。もう少し時間をかけて……」

浅見は狼狽《ろうばい》しながら静香を制した。

「時間はあの人たちの味方ですわ。時間がかかればかかるほど、遠いところへ行ってしまうのですもの」

「そんなことおっしゃって、まさか、無茶なことをなさるつもりじゃないでしょうね?」

「さあ、どうかしら?……」

静香の白い顔が凄味《すごみ》を帯びて笑った。

8

鳥須友紀のところに奇妙な宅配便が配達されたのは、奈良県で集中豪雨による土砂崩れが発生し、関西本線が寸断されるなど、各地で被害が出たその日のことである。

友紀は泊まり明けで朝の九時過ぎに帰宅。シャワーを浴びて、ベッドに入ろうかとしていた時だ。

もしかすると昼休みに文瀬聖一が呼び出しをかけてくるかもしれない――という期待があった。あれからもう三週間になる。電話するたびに、聖一は「もう少し待て」の一点張りだ。だけど、いくら用心が必要だからって、これ以上、こんな中途半端な状態でいるのは耐えきれない。昨日の夜、病院の宿直室からかけた電話で、友紀は少し脅すようなことを言ってやった。

「このまま放っておいたら、私も死んじゃうかもしれない」

「ばかなことを言うんじゃない！」

聖一は声をしのばせて怒鳴った。

「僕たちにとって、いまが非常に大事な時期なんだよ。軽はずみなことをしないで、もう少し待っていてくれ。僕を愛してくれるのならね」

最後の優しい口調に、いつだってはぐらかされてしまう。友紀にとっては神様みたいな先生だけれど、それだからこそ放っておかれるのが死にたくなるほど辛いのに――。

「分かりました。私、我慢します。でも、女って自分でもどうしようもない気持ちになることは、先生ならお分かりでしょう?」

「分かっているとも、僕だってきみに負けないくらい辛いんだ……そうだな、もしかしたら、明日、昼の休みに抜け出せるかもしれない。そしたら久し振りに会おう」

「ほんと?　うれしい!……」

チャイムが鳴った時、だから友紀は聖一が訪ねてきたものと勘違いした。電話で呼び出すのではなく、いきなり訪ねてくれたことで胸がいっぱいになった。

パジャマのままでドアを開けると、宅配便のユニフォームを着た青年がまごついた顔で立っていた。両手で大きな荷物を抱えている。受け取ると、かなり持重《もちおもり》がした。

（誰からかしら？——）

送り主を見て、友紀は頭の先から爪先《つまさき》まで、ズーンと凍《こお》りつくような気持ちがした。

——文瀬夏子——

「何よ、これ……」

思わず呟《つぶや》いた。荷物を慌てて床の上に下ろした。掌《てのひら》を無意識にパジャマの尻で拭《ふ》いていた。

伝票に印鑑を捺《お》してからしばらく恐ろしげに荷物を眺めていたが、ふと思いついた。

（なんだ、そうか、香奠返《こうでん》しか——）

香奠返しは四十九日以降にするものだ。しかし、友紀にはその知識がなかった。

ダンボール箱と包装紙を破って、中の品を取り出した。白い姫鏡台のキットが出てきた。香奠返しにはあまり相応しくないように思えたが、高価な品らしいのだから、文句を言うことはない。友紀にもできる簡単な組み立て式になっていて、組み上がると、少女趣味だがけっこう可愛らしい。

友紀は三面鏡はあるけれど、この姫鏡台なら机の上に飾ってもよさそうだ。

ベッドに入って、少しウトウトしたところに電話が鳴った。聖一からだった。

「十二時ちょうどに、渋谷東急の地下駐車場にいてくれるか」と早口で言った。

そこはいつもの待ち合わせ場所だ。小一時間の余裕があった。友紀はいそいそと支度《したく》をして、いつものように尾行に気をつけながら東横《とうよこ》線の駅へ向かった。

二人は落ち合うと、都内の大ホテルは避けて、郊外へ向かう道路脇にあるモーテルに入った。

友紀は餓《かつ》えたオオカミのように聖一を貪《むさぼ》り、子猫のようにジャレた。聖一は友紀のなすがまま、奉仕されるままに身を委《ゆだ》ねた。束《つか》の間《ま》だが、充実した享楽の時が流れた。

「素敵なお香奠返し、ありがとう」

聖一の腕を枕に恍惚《こうこつ》としながら、友紀は寝惚《ねぼ》けた声で言った。

「香奠返し?……、何だっけ?」

「鏡台、白い可愛らしい姫鏡台」

「なに?……」

聖一は裸の上半身を起こした。腕枕がはずれて、友紀は眉をしかめて笑いかけた。

「邪険にしないで。せっかく安らいだ気持ちに浸《ひた》っているのに」

「すまない……。だけど、いま妙なことを言ったね。鏡台がどうしたって?」

「やあねえ、鏡台送ってくださったんでしょう?あれ、お香奠返しの意味じゃないんですか?」

「鏡台なんて送らないよ。第一そんなもの、香奠返しにするわけがないだろう。それにまだ香奠返しはしていないはずだ」

「あら、だって差し出し人の名前が文瀬夏子って……」

「ばかな、死んだ者の名前で香奠返しをするわけがない……」

二人は同時に表情をこわばらせ、恐怖にひきつったたがいの目を覗き込んだ。

「じゃあ、あれは、いったい誰が……」

「うーん……、心当たりがないこともない。たぶん夏子の姉だろう。浅野静香というんだが」

「そのお姉さんて、私のことを知ってるんですか?」

「いや、そんなはずはない。きみのことをうすうす勘づいていたかもしれないのは夏子だけだよ」

「でしたら、奥さんから聞いたのかもしれないじゃありませんか?」

「いや、それは絶対にないと思う。外部との接触は一切、できないように気を配った。和恵と加奈《かな》子《こ》に交代で目を放すなと命じてあった。寝室の電話も、僕が留守の時は切り換えができないようにしておいたしね」

「でも、だったらどうして私の所へ? 第一、どうして鏡台なんか?」

「その鏡台は、おそらく夏子が使っていたものだろう。夏子は死ぬ少し前に姉にその鏡台を送っているんだ。僕が宅配便の店までついて行ったからまちがいない」

「えーっ?……」

友紀は悲鳴を上げた。

「やだあ、そんなの。じゃあ、奥さんが毎日見ていた鏡ってことじゃない……」

剝き出しの肩から腕にかけて、鳥肌が立った。

「きっと夏子の姉がいやがらせに送って寄越したのだろうが……。しかし、どうしてきみのことを知ったのかなあ?……。そうだ、その宅配便を受け付けたのはどこの店か、分かる?」

「そうね、うちに帰って、伝票を見れば分かると思うけど……」

「その店に行って、どういう客が持ち込んだのか、確かめてみてくれないか」

「えっ? 私が?」

「うん、悪いけど、そうしてくれないか。まさか僕が動くわけにもいかないだろう。このところ雑誌のインタビューなんかも多いし、顔を知られている可能性があるからね。この際、きみを頼りにするしかないんだ。頼むよ、いいだろう？」

「ええ、そりゃ先生のためになることなら、何でもしますけど。でも、赤ちゃんのこと、ほんとに産んでもいいんですね？」

「きまっているじゃないか。僕の家にとって大事な跡取りだよ、産んでいいどころじゃないよ」

「よかった、先生の赤ちゃんが産めれば、私はどうなったっていいんです。一生、日陰のままで……」

「ありがとう。きみのそういう健気《けなげ》さを知ったら、夏子だって死ぬことはなかっただろうけどね。ばかな女だ」

「でも奥さんは私を恨《うら》んでいらっしゃったにちがいないです。それが怖いんですよね。奥さんの恨みが……」

友紀はふいにあの白い鏡台を思い浮かべて、軀《からだ》が凍るような想いに襲われた。

午後二時に友紀は文瀬と別れてマンションに戻った。鏡台は白い墓石のようにリビングルームに居坐《いすわ》っていた。友紀は急いで押入れの奥に鏡台を押し込んだ。

屑籠《くずかご》から宅配便の伝票を拾い出して、「文瀬夏子」の住所を見た。配達された時には気がつかなかったが、住所は田園調布の文瀬家のものではなかった。

——府中《ふちゅう》市多磨《たま》町四丁目六番地——

知らない番地だ。夏子の実家の住所なのかな——と友紀は思った。

宅配便は小金井《こがねい》市本町《ほんちょう》六丁目というところにある店の扱いになっている。電話で訊いても分かるかもしれないと思ったが、友紀はやはり行くことにした。文瀬が行って調べるようにと頼んだのだから、そうしなければならないと従順に思った。

小金井市本町六丁目は中央線武蔵《むさし》小金井駅の北側であった。ほとんど駅前のような便利な店だ。

店に入って送り状を見せ、「この荷物のことでお訊きしたいのですが」と言うと、若い男がキビキビした態度で応対してくれた。

「ああ、鏡台ですね。あのう、何か不都合なことでもありましたか?」

心配そうな顔で訊いている。この頃の宅配便はかつての郵便小包や日通《にっつう》の鉄道便と較べると、そのサービスのよさに驚かされる。昔は「荷物を送ってやる」という、横柄な態度だったものだっ

「そうじゃないんです、ただ、あまりお付き合いのない方からいただいたものだから、間違いじゃないかと思って」

「はあ、でもそんな間違いはなさらないと思いますが」

「そうですよねえ。それで、送り主の方は女の方でした?」

「はい、たしかそうだったと思います。伝票のお名前もそうなっているはずですが」

店員は送り状を覗き込んだ。

「あ、やっぱりそうですね」

「ええ、ここには女の方の名前が書いてありますけど、実際に荷物を出しに来た人はどうだったかと思って」

「はあ、たしかそうだったと思います。ええと、そうですそうです、間違いありません。女性の、

なかなかきれいなお客さんでした」

それを聞いただけでも、友紀は寒気がしてきた。

「あれ？　だけどこの住所、変ですねえ」

若い男は眉をひそめた。

「変て、何が変なんですか？」

友紀は気になって、男の指先を覗いた。

「この多磨町四丁目六番地っていうのがです。荷物をお預かりした時は気がつかなかったんですが、これ、おかしいですよ」

「だから、何がおかしいんですか？」

「だって、ここ、たしか家なんかないはずですから……」

「家がないって、架空の住所なんですか？」

「いえ、住所はあるんですが、その……、いやだなあ、お客さん、からかってるんじゃないでしょうね？」

「どうして？　からかうわけないでしょう」

「ほんとにマジですか？　だってこの住所、墓地なんですから。多磨霊園の真中ですよ、そこは」

「…………」

友紀は折り畳み椅子《いす》の上にへたり込んだ。

9

友紀にとって不運だったのは、それが不安定な折り畳み椅子であったことだ。

それでなくても、なかば放心状態で腰を下ろしたのだから、たまったものではない。友紀は椅子もろとも、ドーッとばかりに真横に倒れ、コンクリートの床でしたたかに腰を打った。ほとんど無防備の倒れ方だった。

友紀は下腹部に激痛を覚えた。局部から熱い液体が溢《あふ》れるのが分かった。しかし、一瞬ののちには、知覚が急速に失われた。

薄れゆく意識の底で、友紀は文瀬夏子の幻影を見ていた。白い霧のような塊《かたまり》が、たしかにこっちを見て笑っていた。

――何がおかしいのよ！

亡霊に向けて、友紀は叫ぼうとした。しかし喉が塞《ふさ》がれて声が出ない。

白い霧が意識を完全に支配してしまった。

鳥須友紀が救急車で運びこまれた小金井の病院から、文瀬病院に「事故」の連絡が入ったのは、それからほぼ一時間後である。

小金井には文瀬病院の責任者として、文瀬聖一が向かった。

文瀬が到着した時には、友紀は意識を取り戻していた。しかしショックのせいで、もうろう状態にあった。

友紀は意識が戻るとすぐ、看護婦におなかの子供について質問している。

「残念ですが……」

看護婦が答えた瞬間、友紀は半狂乱になった。いや、実際に錯乱状態に陥《おちい》って、麻薬患者の禁断症状のように、わけの分からないことを口走って暴れた。駆けつけた医師が鎮静剤を注射して、やっとおとなしくなった。

文瀬の顔を見ると、その時だけ正気が回復したのか、「先生、申し訳ありません」と言って、泣きじゃくった。

それが結局、まともらしいことを言った最後になった。

それから先は、文瀬が手を握り、「気にすることはない」と励ましても反応がなく、空間の一点をにらんだきり、ときどき震えに襲われたり、ブツブツと意味不明のことをつぶやいたりするばかりになった。

文瀬はふと、友紀の右手がしっかりと握りしめられていることに気がついた。指のあいだから、紙片のようなものが覗いている。

指を広げようとしたが、強い力で握って、放さない。まるでこじ開けるようにして、文瀬は掌《てのひら》の中の紙片を取り出した。

もみくしゃになった紙は宅配便の伝票であった。伝票に書かれた差し出し人の名前は「文瀬夏子」になっている。そのことは友紀に聞いて知っていたから、文瀬はさほど驚かなかった。だが、その上の住所を見て、寒気を感じた。

――府中市多磨町四丁目六番地――

それが、文瀬家の墓地の所在地であることは、文瀬にはすぐに分かった。と同時に、友紀を襲ったショックが何であったのかも、ようやく思い当たった。

(復讐か――)

文瀬の脳裏には、夏子の姉の白い能面のような顔が思い浮かんだ。あの白い鏡台を送って友紀を恐怖に陥れただけでなく、墓地から送られたように装った陰湿さに、はらわたが煮えくり返るような怒りを覚えた。

文瀬は夜更けてから、友紀の状態が落ち着いたのを見届けて、宿直の医師に後のことを頼んで帰宅した。医師は文瀬医院の御曹司に、充分すぎるほどの敬意を払ってくれた。

翌朝、看護婦が検温にきた時、ベッドに友紀の姿が見えなかった。トイレかと思い、しばらく待ったが、戻って来ない。(もしや――)と屋上に上がった時には、すでに遅かった。鳥須友紀は四階建の屋上から、北側の地上に身を投げて死亡していた。

友紀の自殺の報告を、文瀬は副院長室で聞いた。その場には回診の打ち合わせのために、医師と看護婦が何人か同席していたが、文瀬は思わず「畜生！……」と罵《ののし》った。白皙《はくせき》の顔が歪《ゆが》み、涙をポロポロ流した。他の者たちは驚いて後ずさった。

文瀬は眼鏡をはずし、手の甲で涙を拭《ぬぐ》いながら部屋を飛び出した。

それから一時間ばかり後、文瀬は息をはずませながら、浅野家の玄関に現れた。静香が応対に出ると、指を突きつけるようにして、「あんた、なんだって……」と、あとの言葉がもつれた。

「とにかくお入りください」

静香は落ち着き払って、自分の仕事部屋に案内した。文瀬が何をしに来たのかは判断できなかったが、母親には夏子の夫のこの醜態を見せたくないと思った。

「あんた、どうしてあんないやがらせをしたんだ！」

文瀬はようやくはっきり物が言えた。

「いやがらせって、何のことですの？」

「ふん、とぼけやがって」

文瀬はこの教養豊かな男の口から出ているとは、到底信じられないようなヤクザがかった言葉を吐いた。

「夏子の鏡台を友紀に送ったじゃないか。あんたの狙《ねら》いどおり、友紀は死んだよ。地べたに叩《たた》きつけられて、無残な死にざまだったってさ。それで満足したかい？」

「えっ？　死んだって……、あの、鳥須友紀さんが自殺したんですか？」

「ああそうだ、あんたの送った鏡台の亡霊に狂わされたんだ。だけど、あんたにそんなことをする権利があるのかい？　友紀だって、一人の女として生きる権利はあったんだぞ。俺にだって、俺の子供を見る権利が……。友紀には俺の子供が宿っていたんだ。それを、あんた……」

「何を言ってるんです？　私が何をしたっていうんです？　第一、あなたたちの権利を言う前に、それじゃあ、夏子の権利はどうなんです？」

静香は鋭く、しかし抑えた声で言った。

「夏子をさんざん苦しめておいて、あんたたちの権利ですって？　笑わせないでくださいよ。それに、鏡台を送ったとか、わけの分からないことをおっしゃってますけど、夏子の鏡台なら、ちゃんとここにありますわよ」

静香はスックと立って、隣の部屋に通じる襖《ふすま》を開けた。白い姫鏡台が、まともに文瀬の顔を映して、そこにあった。

「まさか……、どうして？……」

文瀬はまぎれもなく幽霊を見た時の顔になっていた。

10

夏子が死んでからちょうど二か月経った。

浅見は浅野静香から文瀬の「殴り込み」の話を聞き、多磨霊園から友紀に送られた鏡台のことを知って以来、ますます午前二時を怖がる男になってしまった。

「不思議なことってあるものですわね」

静香が真顔で述懐するのを聞いて、浅見もようやくそれが静香のつくり話ではないことを納得した。

「僕はてっきり、お姉さんが夏子さんの恨みを晴らすために仕組んだことだと思いましたよ」

「ええ、じつを言うと私もよっぽど、あの鏡台を送ってやろうかと思ってました。そうでもしなければ気がすみませんものね。でも、そんな必要はなかったんですわ。夏子の幽霊が、ちゃんと復讐をやり遂げたんですもの」

静香の微笑した顔は、幽霊のように恐ろしげであった。

「しかし、夏子さんがほんとうに殺されたのかどうかも分かっていないし、もしそうだとしても、犯人は鳥須友紀ではなく文瀬聖一かもしれませんよ」

「もうどっちでもいいんじゃありません？」

静香は微笑を浮かべたまま、言った。

「真相がどうであろうと、夏子の復讐は終わったんです」

そうかもしれない——と浅見は思った。この「事件」では、浅見はとんだ道化を演じたようなものだけれど、夏の日の幻想を見たと思えば、それもいいではないか——。

浅見は独りで多磨霊園の夏子の墓を詣《もう》でた。そうしないと、いつまでも白い鏡台の夢を見そうな気分が抜けない。

真夏の昼下がり——。墓石の周辺からは陽炎《かげろう》がゆらゆらと燃えて、なんだか幻覚を見ているような気持ちに誘われた。強すぎる光の中を、白いワンピースの女がパラソルをクルクル回しながら近づいてくるのが、それこそ幽霊ではないかと思えた。

「あら、浅見さんじゃない？」

白い女が声をかけて寄越した。浅見は一瞬、夏子が出たかと錯覚した。

「私よ、里村弘美《さとむらひろみ》」

「ああ、きみか、何年ぶりかなあ」

滝野川《たきのがわ》小学校で同級だった、夏子の親友の顔が、パラソルの下で笑っていた。里村弘美とは中学まで一緒だった。

「いちど同窓会で会ったから、十年ぶりぐらいかしら。浅見さん変わってないわ」

「きみも変わってないよ。相変わらずきれいだ」

「やあねえ、夏子のお墓の前で。化けて出てくるわよ。彼女、浅見さんのこと好きだったんでしょ？」

「よせよ、変なことを言って脅かさないでもらいたいな。ということは、きみも彼女のお墓参り？」

「ええそう。もう二月になるのよねえ。早いものねえ」

二人は墓に花を手向《たむ》け、静かに祈った。

「こういうお墓にも住所なんてあるのねえ」

弘美がしんみりした口調で言った。

「え？　きみそんなこと知ってるの？」

「ええ、ここ、多磨町四丁目六番地っていうの。夏子が教えてくれたわ」

「夏子が？　どうして？　いつ？……」

浅見は矢つぎばやに訊いた。

「いつだったかしら。三年ぐらい前になるわね。夏子が私を呼び出して、一緒にデパートに行ったの。白い鏡台を買ってね、それで、こう言ったの。

『もし私が死んだら、この鏡台を送って欲しい』って」

「まさか……」

浅見はうなるように言った。

「宛先は田園調布？……」

「あら、どうして知ってるの？　そうなの、田園調布の鳥須友紀っていう女の人の住所だったの。そしてもっと不思議なのは、送り主の夏子の住所なのよね。その時は気がつかなかったんだけど、あとで調べたら、なんとこの墓地の住所だったじゃない。びっくりするやら気味が悪いやらでねえ……」

浅見はうつろな眼で夏子の真新しい卒塔婆《そとば》を眺めた。

地下鉄の鏡

1

国道二〇号線、通称「甲州街道《こうしゅう》」の起点は皇居のお堀端・半蔵門《はんぞうもん》前である。そこから西へ、四谷《よつや》、新宿を通り、笹塚《ささづか》、調布《ちょうふ》、府中《ふちゅう》、立川《たちかわ》と、その辺りまではほぼ真西へ一直線に進む。

ここ二十年足らずのあいだに、新宿以西、高井戸《たかいど》付近までの街道沿いの風景は、それ以前と一変した。

かつての素朴な住宅や、ちっぽけな商店に代わって、周辺にはマンションが建ち並び、道路のど真中を首都高速の高架線が走る。歩道を歩いていて空を見ようとすると、ひと苦労だ。まさに、東京には空が無い――のである。

表通りに面したところでは、終日、高速道路と下の国道を走る車の騒音に悩まされる。

とりわけ、初台《はつだい》から笹塚辺りまでは、高架道でふたをされたような具合だから、ビルの谷間のような街道には、自動車の排気がこもってしまう。生活環境がいいとはお世辞にも言えない。

その夜、浅見光彦は京王《けいおう》線の幡ケ谷《はたがや》駅で降りて、甲州街道を笹塚方面へ向かって歩いていた。

京王線は笹塚と幡ケ谷の中間で地下に潜り、新宿駅で都営地下鉄との相互乗り入れになっている。したがって、幡ケ谷駅では地下鉄と同様、階段を上がって外へ出る。

出たとたん、ウオーンという騒音が押し寄せてきた。騒音の基準をいう時、よく、地下鉄なみ――などというけれど、ここのはそれに近い。

もっとも、道路に面したところでなければ、この辺りは住環境として申し分ない。騒音も排気ガスも表通りのマンションや商店が犠牲になって、全部引き受けてくれるというわけだ。

ある雑誌の編集長の家がこの先を少し行って、右に入ったところにある。そこで今夜、新しい企画の打ち合わせかたがた、新年会めいたことをやろうということになっていた。

夜に入って気温が下がり、雪もよいだというのに、街はまだ、お屠蘇《とそ》気分の抜けきらない人々で賑《にぎ》わっていた。

店先にはみ出した商品や自転車、街路樹、植え込みなどで、ただでさえ狭い歩道だ。浅見は足元に気をつけながら、人の往来を縫《ぬ》うようにして歩いて行った。

いきなり、黒い巨大な塊《かたまり》が十メートルばかり先の植え込みに落ちた。「ドサッ」という鈍い不快な響きが伝わってきた。寸前に「キャーッ」という悲鳴が降ってきたのも聞いたような気がする。前方を歩いていた数人の人たちがワッと飛びのいた。

「落ちた」「人間だっ」

浅見の背後から声が上がった。間近にいた者より、少し離れたところからの目撃者のほうが、何が起こったか、事態をよく把握しているようであった。

ワラワラと駆け寄る野次馬が、浅見を押し除《の》けるようにして、脇《わき》を通り抜けた。浅見も一瞬遅れて、彼等に続いた。

道路の端にある植え込みはツツジである。その中に沈み込むように、女が倒れていた。ピクリとも動かない。

野次馬は一、二メートルの距離をおいて彼女を囲み、恐る恐る覗《のぞ》き込む。誰も手を差し延べて助け起こそうとはしない。もっとも、すでに死んでいると思っているせいかもしれない。

浅見は人の輪を潜り抜けるようにして、女に近寄った。

不自然な恰好《かっこう》に投げ出された腕を取って、脈を計る。弱々しいけれど、脈はまだ打っていた。

「誰か119番をお願いします」

背後の野次馬を振り返って言った。それに応じて、二人が走り去った。

女の体はほぼ上向きだが、頭部は植え込みの底の地面に叩《たた》きつけられた際のショックで首の骨が折れたのか、ねじ曲がった状態になっている。

「しっかりしなさい」

浅見は尖《とが》った枝先で目をつつかれないように注意しながら、女の上に屈《かが》み込んで、大声で叫んだ。

ネオンの明かりで、女の苦しそうな表情はかなりはっきりと見える。不規則ながら、呼吸もまだある。

(助かるかもしれない――)

浅見は思い、もう一度呼びかけた。

女はふと目を開けた。焦点の定まらない、幼児のような黒い目であった。苦痛が消えたのか、顔の筋肉が緩《ゆる》んでいる。

死の兆候だ――と浅見は思った。

女の唇が動いた。

「なんですか?」

浅見はいっそう屈んで、女の口に耳を寄せた。

「……ちかてつのかがみでみた……」

女は平板な口調で、かすかに言って、最後に大きく口を開くと、そのまま息を止めた。

2

救急車はまもなく到着したが、すでに死亡していることを確認して、そのままの状態で警察の検視を待つことになった。

幡ケ谷駅前派出所の巡査が現場の保存にあたり、目撃者の確保と聞き込みを始めた。

目撃者の中にはもちろん浅見もいる。浅見は編集長の家に電話を入れて、少し遅れる旨《むね》を伝えたが、本心はすでに、会合に出席するつもりがなくなっていた。

少なくとも十数人はいるはずの目撃者のうち、現場に残って警察に協力したのは、六名だけであった。あとは関わりあいになるのをいやがって、パトカーが到着する頃には、どこかへ消えてしまった。

目撃者は多いが、女が地上に落下する以前のこととなると、まったく見ていない。混雑した道路を歩くのに、上を見ながらでは危なくてしようがない。第一、空は真っ暗だし、見えるものといったら、圧迫するような高速道路の拡がりだけである。要するに気がついた時には、女が天から降ってきたということで、それ以外の目撃談は出なかった。

最寄りの代々木《よよぎ》警察署からの捜査員と、サツ回りの新聞記者が、合わせて二、三十人あまりやってきて、現場はがぜん慌《あわ》ただしくなった。

道路の通行を一時ストップさせ、野次馬を遠ざける。鑑識と記者のカメラが競うようにフラッシュを光らせる。

やがて検視と実況検分を済ませ、女の遺体を救急車が運んで行った。

その頃になると、目撃者は浅見ともう一人——二十五、六歳の男を除いてすべて引き上げていた。浅見もそうだが、もう一人の男もよほどの暇人か、あるいはよほどの物好きにちがいない。

女が「落ちた」場所は、『幡ケ谷ダイヤモンドマンション』というたいそうな名前のマンションの前である。その十二階建のビルは三階までが店舗と事務所、四階と五階が駐車場になっている。女はどうやら五階の駐車場から転落したらしい。

というのは、それ以上の各階は壁面が約二メートルほど引っ込んでいて、うまく飛べばいいけれど、そうでないと下の駐車場の床か手摺《てすり》に激突してしまうことになるからだ。さらに二、三メートルばかり先、道路の端にある植え込みまで飛ぼうとすると、かなりの跳躍力が必要になるだろう。


それを裏付けるように、五階駐車場の手摺の下に、ポシェットが落ちていた。

女が落下してしばらく生きていたのは、運よく植え込みに落ちたことと、五階というあまり高くないところからの転落であったためと考えることができる。

警察は二人の目撃者にはかまわず、ひととおりの鑑識作業を終えると、引き上げはじめた。あとは数人の刑事が残って、付近の聞き込みに入る様子である。

その一部始終を、浅見は見学していた。

もう一人の若い男も興味深そうに眺めていたが、さすがに根が尽きたのか、警察の主力が引き上げるのと一緒に、どこかへ立ち去った。

野次馬もいなくなり、街はふたたび、いつもどおりの風景に戻ってゆく。

浅見は、ずっと捜査の指揮にあたっていた、たぶん代々木署の刑事課長と思われる私服の人物に近づいた。

「失礼ですが、刑事課長さんですか？」

「ん？」

胡散臭《うさんくさ》い目で振り返って、「そうですが」と言ってから思い出した。

「ああ、あんたは目撃者の一人でしたね」

「ええ、浅見といいます」

「どうもお世話さま、住所はたしか、お訊《き》きしましたな？　だったらもう帰ってもいいのですよ」

「はあ」

浅見は軽く頭を下げてから訊いた。

「これは、自殺でしょうか？　それとも他殺でしょうか？」

「は？……」

刑事課長は妙なことを——と言わんばかりの目で浅見を見た。

「それはまだ分かりませんよ。これからいろいろ調べて、結論を出すのです」

「なるほど……」

浅見は素人っぽく頷《うなず》いて、「じつは、あの女性ですが、息を引き取る直前、おかしなことを言ったのです」

「ほう」

刑事課長ははじめて興味を抱いた顔になって、体ごと浅見のほうに向き直った。

「おかしなこととは、どういうことを言ったのです？」

「よく聞き取れなかったのですが、たしか、『地下鉄の鏡で見た』と言ったように思います」

「地下鉄の鏡？……」

刑事課長は手帳を出して、メモを取った。あらためて浅見の名前を聞き、『地下鉄の鏡で見た』という言葉を書き、もう一度それを読んで確認した。

「何のことでしょうなあ、地下鉄の鏡とは？……。それ以外には何か言ってませんでしたか？」

「いえ、何も」

刑事課長は首を振って、「や、どうもありがとう。現在は意味が分からなくても、何かの参考にはなるかもしれません」と言い、どうぞお引き取りください、と頭を下げた。

「じつは、僕はルポライターのようなことをやっている者ですが」と浅見は言って、肩書のない名刺を出した。

「たまたまこの事件に関わったのですから、事件の決着するまで付き合ってみたいと思っているのです。構いませんか？」

「はあ……」

刑事課長は迷惑そうに、名刺を眺めた。

「そりゃまあ構いませんが、特別に便宜《べんぎ》をはかるというようなことは出来ませんよ」

「それは承知してます。ただ、警察の調べの進展状況だけ教えていただければありがたいのですが」

「いいでしょう。もっとも、大抵のことはブンヤさんたちに発表しますから、新聞やテレビを見れば分かると思いますがね」

3

マスコミの報道によると、どうやら幡ケ谷の転落死亡事件に関する警察の捜査は結局、自殺ということで決着がついたらしい。

「自殺」したのは、彼女が転落したダイヤモンドマンションの裏手にあるアパート・西風荘《せいふう》に住む、駒村《こまむら》ひろ子という、滋賀県出身、二十三歳のＯＬであった。

駒村ひろ子は、郷里の高校を出て、単身上京、東京の短大に入った。短大を卒業すると、品川区《しながわ》にある中堅の電子機器メーカーに入社、その五年の間ずっと、西風荘での独り暮らしを続けている。

美人で陽気な人柄――というのが、彼女を知る人たちの共通した感想であった。

自殺の動機については、アパートの自室にきちんとした遺書があった。

それによれば、直接の動機は失恋であったようだ。社内に好きな男性がいて、ひろ子としては結婚できるつもりで交際していた。ところが、相手の男性が別の女性と結婚することが分かり、絶望して死を決意したというものである。

「自殺」という警察の公式発表を新聞で読んで、浅見は漠然と違和感をおぼえた。

浅見は自殺という、そのこと自体にはべつに疑義を挟む意志はなかった。しかし、例の奇妙な言葉――地下鉄の鏡で見た――とは、いったいどういう意味なのだろう？　そのことについては、どの報道も何も触れていない。警察が発表しないのか、それともまったく問題視しなかったのか。いずれにしても、浅見の中でその疑問が解明されないまま、不完全燃焼の状態で残っていた。

あの死んだ女性が言い残した言葉は、もちろん浅見に向けたものではない。彼女に意識があったかどうかも疑問だ。しかし彼女が死際《しにぎわ》に発した「通信」の、自分は唯一の受信人なのだ。

それに、彼女が息を止める寸前に見せた、あの、不可解そのもののような目の表情が、浅見の関心を捉《とら》えて放さない。彼女の表情からは、死を覚悟した者の諦《あきら》めといったものは感じ取れなかった。それどころか、彼女は自分の死の意味を理解できなかったのではないだろうか？

（なぜ、私が？――）という問いかけを、迫りくる死に向かってしているような、疑惑と困惑のない交ざった目の表情だった。

その混濁の中で、最期の一瞬に何かをキャッチしたのが、あの短い言葉になったのではないか――と思う。

浅見は愛車を駆《か》って、事件現場へ行ってみた。

事件のあった歩道の植え込みの脇には、牛乳びんに挿《さ》した黄菊がしおれていた。

ダイヤモンドマンションのパーキングに車を乗り入れる。ここは居住者のほか、一般の外来客も利用することができるらしい。係員の指示に従って、リフトの中に車を入れる。慣れない一見《いちげん》の客と見て、係員はリフトに一緒に乗ってきてくれた。

「このあいだ、ここから飛び降り自殺があったのだそうですね」

浅見は世間話のように言った。

「そうなんですよ、五階の駐車場からですがね、警察がいろいろ調べて、えらい迷惑でした」

「このマンションに住んでいる人じゃないのでしょう？」

「ええ違います、裏のアパートの人です」

「というと、駐車場には自由に出入りできるのですか？」

「できますよ、ここには四個所の出入口がありますからね、その気になれば、誰にも気づかれないで出入りできるのです。ただ、あの女の人の場合は、エレベーターに乗っているのを見たっていう人がいたそうですがね」

「エレベーターがあるのですか」

「そりゃ、ありますよ、十二階建のマンションなんですから」

リフトが停まり、ドアが開いた。そこはもう四階駐車場であった。浅見が車を出すと、係員は「どこでも空いているところに駐《と》めて、あっちのエレベーターで降りてください」と言い、そのままリフトに乗って降りて行った。

フロアの中ほどに車を置き、浅見は駒村ひろ子が飛び降りた五階の駐車場へ行ってみた。構造は四階とまったく変わらない。出入口はリフトとエレベーターのほかに、それぞれ独立した階段へ通じるドアがフロアの三隅にある。設備の整ったマンションだ。

浅見はひととおり見て回ると、駒村ひろ子が住んでいたアパートを訪ねた。

ひろ子の部屋の窓からだと、ちょうど正面に見上げるように聳《そび》え建つダイヤモンドマンションとは較べようもないが、こぢんまりとした、なかなか感じのいいアパートだ。

管理人に訊くと、駒村ひろ子という女性はアパートや近所で評判の美人だったそうである。

「この辺の若い男なら、大抵、駒村さんに目をつけていたんじゃないですか」

管理人のおやじは愛想よく話してくれた。

「だけど、いくら目をつけたって、あの人には恋人がいて、しょっちゅう遊びにきてたみたいですからねえ。喫茶店なんかで仲のいいところを見せつけられて、頭にきたなんて言ってるのもいましたよ。もっとも、最後にはその男にふられて、それであういうことになっちまったのだけど」

管理人は気の毒そうに眉をひそめた。

その喫茶店にも行ってみた。いかにもコーヒーの味にうるさそうなマスターと、女の子が一人いるだけの小さな店だ。客は若者が数人、マンガ本を読んだり、駄弁《だべ》ったりしている。

浅見はカウンターに坐《すわ》って、マスターに訊いた。

「このあいだ自殺した駒村さんという女性は、お宅によく、恋人と一緒にきていたそうですが、その男性のこと、憶えていますか？」

「ああ、沢田《さわだ》とかいう人でしょう、仲良かったみたいですよ」

「ほう、名前まで知っているのですか」

「ええ、狭い店だし、ちょくちょく来てくれましたからね、二人で話しているのを聞いてる内に、いつのまにか憶えちゃったんですなあ。しかし、暮ごろからプッツリこなくなって、どうしたのかなと思ってたら、あれでしょう、驚きましたよ」

「失恋したんだそうですね」

「ええ、何もね、死ぬことはないと思うんですがねえ、この辺にだって、彼女にお熱の若い男はいくらでもいるんだし」

マスターは店内を見回して、いたずらっぽく笑ってみせた。

4

車をダイヤモンドマンションに置いたまま、浅見は代々木署まで歩いて行った。幡ケ谷から代々木署のある初台までは、京王線でひと駅だが、距離はそれほどでもない。

代々木署には、捜査本部を開設した形跡もなく、彼女の死は、すでに過去の事件として扱われている様子だ。

浅見がせっかく伝えた「ダイイングメッセージ」も、結果的にはあまり重視されなかったようだ。

「大した意味はないんじゃないですか」

代々木署の刑事課長はそう言っている。

「なにしろ、遺書がちゃんとしたものでしたからねえ」

アパートの部屋には、郷里の両親に宛《あ》てたものと、あと、会社の上司宛のもの、親友に宛てたものの三通の遺書があったという。

「彼女の会社の人たちも、失恋の事情を知っていましてね、会社を無断欠勤した時点で、もしかすると――とは思っていたのだそうですよ。だから、彼女が自殺したと聞いた時、ほとんどの人間は驚きはしたが、それほど意外とは感じなかったらしいのですな」

「ということは、意外だと思った人もいたわけですか？」

揚足《あげあし》を取るような浅見の質問に、刑事課長は苦笑した。

「そりゃね、中にはそういう人もいますよ。しかし、遺書の存在を知ってから後、それでもなお疑問を表明したのは一人だけだったそうですな」

「えっ、遺書があっても、まだ疑問があるというのですか？」

「ああ、駒村ひろ子さんの最も親しく付き合っていた同僚の一人が、どうしても自殺とは思えないと言い張りましてね、いまも来て、いるのだが……」

刑事課長は隣の部屋にチラッと視線を走らせて、苦い顔をした。

「警察に、もっとちゃんと調べるようにと注文をつけて、うちの刑事たちを悩ませていますよ。しかし、そう言われたって、こっちとしてもやるべきことはやったのだし、なんといっても遺書があるのですからねえ」

「その人はなぜ、自殺じゃないと言っているのでしょうか?」

「なんでも、駒村さんから、自殺を思いとどまったという電話をもらったのだそうです。しかし、なんたって情緒不安定な状態なんだから、それから後でまた気が変わったということはあり得るわけですよ」

「それはまあ、そうですねえ」

浅見が相槌《あいづち》を打った時、隣との仕切のドアを荒々しく開けて、若い女性が半分泣き出しそうな顔で現れた。フレヤーのたっぷりした薄い茶系統のスカートに、それより濃いめの同系色のブルゾンを着ている。ドアの前でワインカラーのマフラーをクルッと首に巻きつけた。

「彼女ですよ」

刑事課長が浅見に囁《ささや》いた。

若い女性はこちらには目もくれず、刑事課を出て行った。そのあと、隣の部屋からは、女性の応対をしていた刑事が二人、いかにもうんざりしたと言わんばかりに、肩をすくめて出てきた。

「参りましたよ、どうしても自殺じゃないって、きかないんですからね」

課長に泣き言を言っている。

浅見は立って、「じゃ、僕はこれで失礼します」と、挨拶《あいさつ》もそこそこに女性のあとを追った。

警察の玄関を出て、三十メートルばかり行ったところで、浅見は女性に追いついた。「失礼ですが……」

浅見が呼び止めると、女性はキッとした顔で振り向いたが、歩みを止めようとはしなかった。

「私ですか?」

「ええ、そうです、駒村ひろ子さんのお友達だそうですね?」

浅見は女性の歩調に合わせて歩きながら言った。女性としてはかなりの歩速だ。

「そうですけど?」

「僕はこういう者です。フリーのルポライターのようなことをやっています」

浅見の差し出した名刺を見るために、女性はようやく立ち止まった。

「どういうご用件でしょうか?」

「じつは、僕は駒村さんが亡くなった時、現場に居合わせた者なのです」

「まあ、そうですか……」

女性の表情が少し緩んだ。しかし、警戒の色は失わない。

「それで、その時に駒村さんの最後の言葉を聞いているのです」

「えっ? ひろ子が何か言い残したのですか?」

「なるほど、すると警察はその件については何も言わなかったのですね?」

「ええ、聞いていません。ひろ子は何て言ったのでしょうか?」

浅見は周囲を見回して喫茶店を見つけた。

「立ち話もなんですから、ちょっとあそこの店に入りませんか」

女性は黙って頷く。店は空《す》いていて、周りに客のいないテーブルにつくことができた。

「失礼ですが、お名前を聞かせていただけませんか?」

コーヒーを注文してから、浅見は恐縮そうに訊いた。

「あ、すみません、申し遅れました。平野哲子《ひらのてつこ》といいます。ひろ子と同じ会社に勤めています」

きちんと挨拶した。死んだ駒村ひろ子と同じ、二十二、三歳だろうか。近頃の若い女性としては珍しい、折り目の正しい喋《しゃべ》り方も好感が持てる。「ひろ子」という呼び方は、社内の人間だからというのではなく、親しい間柄を表しているのだろう。

「あの、それで、ひろ子は何て言ったのですか?」

「その前に、平野さんは、警察に駒村さんの死は断じて自殺じゃないと主張なさったのだそうですね?」

「ええ、そうです、そう信じていますから」

「しかし、遺書が発見されているのですよ。そのことについてはどう思われますか?」

「それは、たしかにいったんは自殺を決心して、遺書を書いたのですけれど、気持ちが変わったのです。ひろ子がそう言って電話してきましたから」

「その電話があったのは、いつですか?」

「一月十一日です、ひろ子が殺される前の日の夜です」

哲子は「自殺する」とは言わなかった。

「どういう内容の電話でしたか?」

「ですから、自殺を思いとどまったと……」

「ええ、それは分かりましたが、もっと細かく、どういう言い方でそう言ったか教えてください」

「最初からですか?」

「ええ、なるべく駒村さんの言葉を忠実に知りたいですね。最初は『もしもし』でしょうか?」

「ええ、そりゃまあ……」

哲子はかすかに苦笑を浮かべた。

「それから何て言いました?」

「それから『哲子? あたし、いまどこにいるか分かる?』って……」

「ちょっと待ってください、その口調だと、なんだか、ずいぶん陽気そうに聞こえますけど?」

「そうなんです。少し前から、彼女、死にたいみたいなこと言ってましたし、会社を無断欠勤しましたし、とても心配していたんですよね。それで、ひろ子があまり陽気な喋り方をするもので、もしかすると、頭がどうにかなってしまったんじゃないかって思ったくらいです」

「それは、沢田さんとかいう男性に失恋したショックで……ということですか?」

「ええ……、あ、そのこと、ご存じなんですね、そうなんです、ひどい話なんですよね、たしかに」

哲子は、まるで目の前にいるのが沢田某《なにがし》ででもあるかのように、悔しそうに唇を噛《か》んで、浅見を睨《にら》んだ。

5

駒村ひろ子が無断欠勤したのは一月九日のことである。正月を郷里で過ごし、六日から業務が始まったばかりであった。

同じ課にデスクを並べる平野哲子は、何度かひろ子に電話をかけた。上司からそうするように言われたし、彼女自身、前夜のひろ子の電話が気になっていた。電話では、恋人の変心を切々と訴えて、「死んでしまいたい」とも言っていたのだ。「ばかねえ、つまらないこと考えるんじゃないわよ」

哲子は笑い飛ばすように言った。「あんな男、さっさとくれてやっちゃえばいいじゃないの」とも言った。いつもなら何か反撃してきそうなのに、ひろ子は黙っていた。

ひろ子が結婚を信じて疑わなかったのは、沢田智幸《ともゆき》という、ひろ子より三つ歳上の男である。まあ、かなりのハンサムといえるし、スタイルも悪くない。面食いのひろ子が夢中になっても不思議はなかった。大学もいいところを出ているし、勤務態度も真面目《まじめ》だ。

もっとも、哲子の目から見ると、沢田のようにギトギトした、出世至上主義みたいな男は、あまり好みとはいえなかった。

かといって、ひろ子の恋にケチをつけるつもりは、哲子には毛頭なかった。沢田とひろ子との仲はうまくいっているように見えたし、事実、当人同士、結婚を前提とした交際をしているのだ――と、ひろ子からノロケ半分に聞かされていた。むろん肉体的な交渉もあったにちがいない。

それが、去年の暮近くから、雲行きが怪しくなったらしい。社の技術部長が、娘の結婚相手として、沢田に白羽の矢を立てたのである。一説によれば、沢田のほうからうまくとりいったのだそうだ。

それでも、当のひろ子は「まさか」と笑っていたのだが、正月休みが明けたその日のデートで、沢田は無情に別離を宣告した。

「おれを愛してくれるなら、別れてくれるよね」

という、お定まりの安っぽい科白《せりふ》を聞いて、駒村ひろ子は言い返すこともしなかったそうだ。

その夜、ひろ子は哲子に泣きながら電話をしてきた。知らぬはひろ子ばかりなり——だったのだから、いまさら驚くことはなかったのだが、それでも哲子は義憤を抑えることができなかった。

「頭にきちゃうわねえ、部長のところへ行って、何もかもバラしちゃえばいいのよ」

哲子がけしかけると、

「そんな、彼が可哀相《かわいそう》よ」

と、ひろ子は怒ったように言った。

「それに、そっちの話をぶち壊したって、戻ってきてくれやしないでしょう」

その口振りではすっかり諦めているということになる。そのくせ本心は猛烈なショックで悩んでいるのだろう。翌日とその次の日、会社に出てくることは出てきたものの、幽霊のような顔で、一日中ボーッとしていた。

その挙句《あげく》の「自殺宣言」とも受け取れる電話であった。

三十分ぐらい話して、結局、「死にたい」というひろ子を翻意させることはできなかったらしい。

翌朝、会社へ行って、ひろ子の姿が見えないと知ったとたん、哲子は胸騒ぎがした。

結局、何度電話しても通じないので、哲子は会社の帰りにひろ子のアパートに寄ってみた。

ひろ子は依然、不在であった。アパートの管理人に訊くと、朝、いつもより遅い時間に部屋を出てゆくひろ子を見ているということであった。

「なんだか元気がなかったもんでね、どこか具合が悪いのって訊いたんだけど、黙って行ってしまって、ふだんが陽気な人だから、ちょっと気になったですよ」と言っている。

もしかすると、何か連絡してくるかもしれないと思い、哲子は急いで自宅に帰ったが、その夜はついに連絡がなかった。

翌日もひろ子は欠勤し、沢田とのことをうすうす勘づいている女子社員の中には、哲子に向かって「彼女、死ぬ気じゃない?」などと、冗談で噂《うわさ》する者もいたりした。

「変なこと言うもんじゃないわ」と窘《たしな》めたけれど、哲子自身、その心配でいても立ってもいられない想《おも》いだった。

その日が金曜日で、明日から二日間が休みになる。もしその間に連絡がつかなかったら、警察に捜索願でも出そうかしら——と、真剣に考えもした。

その日も何の音沙汰も無く、ひろ子からの電話が入ったのは、明くる日の午後九時を回った頃である。

——もしもし、哲子? あたし、いまどこにいるか分かる?

いきなり、陽気なはずむような調子で、一気にそう言った。

「ばか、心配したじゃない、どうしちゃったのよ」

哲子は本気で怒鳴った。怒鳴りながら涙が出た。

——ごめん、死ぬつもりだったの。

ひろ子は急に悄気《しょげ》た声になった。

——死ぬつもりで札幌《さっぽろ》まで来たの。

「札幌? じゃあ、いま札幌なの?」

そう、テレビ塔のそば。

「ばかばか、ひろ子、あんたねえ、死ぬなんてそんな……、とにかく帰ってらっしゃい」

――大丈夫、もう死ぬのやめたから。

「え？　そうなの？　ほんとなの？」

――うん、ほんとよ、ほんとにやめたの。フェリーに乗って、海に飛び込もうと思ったりして、結局、それもできなくて、とうとう北海道まで来て、今夜こそ死のうと決めたんだけど、でも、ついさっき、やめることにしたの。あたしは若いし美しいし、まだまだ死んでたまるかって思ったの。まことにご心配おかけしました。

「あんたねえ、そんな、ふざけてる場合じゃないでしょうに」

――ふざけてなんかいないわ、ほんとにごめん。でも、もう大丈夫、やり直す自信がついたから。

たしかに、その言葉どおり、ひろ子の口調には以前のような張りが戻っていた。

――札幌に来てよかった。死神のやつ、あのインチキ野郎と一緒に、どこかへ飛んで行っちゃったわ。

ひろ子は景気よく言って、「せっかくだから北海道見物をして帰る。月曜日、会社で詳しい話をするわ」と電話を切った。

6

「その時は正直、少し腹が立ったんですけど、でもひと安心しました。だから月曜になって、彼女が死んだって聞いた時は、嘘――て思ったんです」

平野哲子は、気持ちの高ぶりを抑えるように、時折、コーヒーを啜《すす》りながら語った。

「ひろ子自身がそう言ってたように、彼女、死神から脱出できたと思うんですよね。あの時の電話からいっても、絶対、自殺するようなことはないと断言できます。それなのに、警察は遺書があるからって……。だからそれは北海道へ行く前に書いたものだっていうのに、分かってくれないんですよね」

　悔しそうに唇を一文字に結んだ。

「なるほど……」

　浅見は腕を組んで、首を傾《かし》げた。

「お話を聞いたかぎりでは、たしかに駒村さんは自殺を思いとどまったように思えますねえ」

「そうですよ、やめたんですよ。彼女、本気で死ぬ気で、フェリーに乗って、結局、死ねなかったんでしょう?　そこまで思いつめていても、なかなか死ねないのに、いったんやめたって決めてしまったら、もう死ねるはずがないですよね、人間の心理として」

「そうですねえ、あなたのおっしゃるとおりだと思います」

　浅見は感心して頷いた。若いのに、ずいぶんしっかりした女性だ——と思った。

「そうすると、平野さんとしては、駒村ひろ子さんは殺されたのではないかと考えるわけですね?」

「ええ、そうなんです」

　哲子はようやく理解者に巡り逢《あ》えたというように、大きく頷いた。

「警察にもそのことは言ったのですか?」

「言いました、でもぜんぜん相手にしようとしないんです」

「そうでしょうね、警察にしてみれば、立派な遺書もあるし、その他の状況からいっても、自殺と断定して問題はないと思ったのでしょう。それはそれなりに妥当な判断だと思いますよ」

「まあ……」

哲子の目に、たちまち失望と軽蔑《けいべつ》の色が宿った。

「浅見さんもやっぱり、あの人たちと同じなんですのね」

「いや、そうではありませんよ」

「じゃあ、他殺だと？」

「それは分かりません」

「私、失礼します」

言うなり、哲子は席を立った。浅見は慌てて手を挙げて制止した。

「まあ待ってください、僕のほうの話を聞いてもらっていないじゃないですか」

哲子はしぶしぶ腰を下ろした。

「話って、何ですか？」

「平野さんは『地下鉄の鏡』という言葉をお聞きになって、何か思い当たることはありませんか？」

「地下鉄の鏡？……、何ですの、それ？」

「じつは、これは駒村ひろ子さんが最後に言い残した言葉なのです」

「ひろ子が？……」

「正確に言うと、『地下鉄の鏡で見た』と言ったのですがね」

「何かしら？」

「思い当たることはないですか」

「ええ、ひろ子とはしょっちゅう駄弁ったりしてましたけど、そんな話題は出たことがありません。……でも、それ、いわゆるダイイングメッセージというんじゃないですか？」

「まあそういうことになりますね」

「だったら、その言葉から犯人の手掛かりが摑《つか》めるんじゃないですか?」

「ええ、推理小説ですと、大抵はそうなりますが、しかし、それはあくまでも、殺人事件と仮定しての話ですよ」

「まだそんなことを……」

哲子は憤懣《ふんまん》やる方ない——という顔をしたが、今度は席を立たなかった。

「僕は警察でもないし、駒村さんの友人でもありません。だから客観的な立場で言うんですが、この事件は現在までのところでは、自殺とも他殺とも断定しかねると思います。正直なところ、どちらかといえば、自殺と決めてしまうほうがたやすいかもしれません。能率第一主義の警察が自殺説に傾いたのは、そのためでもあるわけですよね。しかし、友人である平野さんの確信も否定できません。何しろ、僕には否定すべき材料がないのですからね。そこで、頼りになるものといえば、唯一、駒村さんが残したダイイングメッセージだというわけです」

「じゃあ、その意味が分かれば、殺人事件であることが立証されるわけですね?」

「あるいは、やはり自殺であった——ということがですよ」

どこまでも冷静な浅見に、哲子ははじめて女性らしい、恨《うら》めしそうな目を見せた。

「だけど、地下鉄の鏡だなんて、私には何のことかさっぱり分かりません」

「まあそう言わずに、一緒に考えてみてください」

浅見はポケットからヨレヨレになったキャビン

を出して、「煙草《たばこ》、吸ってもいいですか?」と訊いた。

「ええ、私も吸いますから」

哲子はバッグから外国煙草を出した。

「地下鉄の鏡という言葉からは、どう考えてみても、地下鉄の鏡以外のものは連想できないのです」

浅見は言いながら、喫茶店のマッチで不器用に煙草に火をつけた。

「でしょうねえ……」

哲子は少し呆《あき》れた表情で、浅見を眺めた。浅見は平気な顔で煙を吐いて、言った。

「地下鉄には鏡はありましたよね」

「ええ、たしか、広告の入った鏡が、駅の構内なんかにあったと思いますけど」

哲子は華奢《きゃしゃ》な手つきで煙草を操りながら、思案ぶかく目を細めて言った。

「一般的に言うとですね」と浅見は言った。「ダイイングメッセージというのは、犯人の重要な手掛りとして、被害者が必死の思いで残す言葉であるわけです」

哲子は、当り前じゃない——と言いたそうな目をした。

「もし、これが殺人事件だと仮定して、犯人が駒村さんの知っている人物であるなら、駒村さんはダイイングメッセージとして、犯人の名前を言ったにちがいありません」

「………」

「そうしなかったということは、つまり駒村さんは犯人をまったく知らなかったか、相手が誰か見極める間もなく殺されたかのいずれかだと思いますよ」

「そうですね」

哲子はようやくこの男の話に、まともに耳を傾ける気になってきた。

「それで、駒村さんは『地下鉄の鏡で見た』と言った。これは意味のない、ただのうわ言だとは思えません。これは彼女としては文字どおり、必死の想いと犯人への恨みを籠《こ》めて遺《のこ》した、最後の言葉だったはずですね」

「ええ」

「したがって、もし彼女の死が殺人事件であるなら、われわれは『地下鉄の鏡で見た』という言葉の謎《なぞ》を解けばいいわけです」

「そうですね……」

頷きながら、哲子は浅見が「われわれ」と言ったことに気づいた。

「われわれって……、じゃあ、浅見さんは本気で、ひろ子の死の真相を調べてくださるつもりなんですか？」

「ええ、そうですよ」

浅見はこともなげに言った。

「余計なお世話でしょうか？」

「いいえ、そんな……、とても嬉《うれ》しいですけど……。でも、警察が何もしてくれないのに、どうやって？……」

「ですから『地下鉄の鏡』の謎を解くのですよ。いまのところ、われわれの手の内にはそれしかありませんからね」

「はあ……」

哲子は浅見の顔をマジマジと眺めた。年齢は三十ぐらいだろうか。上品な、坊ちゃん坊ちゃんした顔立ちだけれど、精悍《せいかん》さなどかけらほどもなく、なんとなく頼りない感じだ。

恐ろしい殺人犯を追い掛ける——というイメージは、到底、湧いてきそうになかった。

7

「一つだけ確認しておきたいのですが」

浅見は煙草を揉み消して、言った。

「駒村さんは電話で、『ついさっき、死ぬのをやめた』と言ったのでしたね？」

「ええ、そんな風に言いました」

「つまり、それまでは一途《いちず》に死ぬことだけを思いつめていたのに、なぜか突然、死神を蹴飛《けと》ばしたというわけですか」

「ええ」

「そんな風に急転直下、気が変わるというのは、いったい、駒村さんに何が起こったというのでしょうかねえ」

「もしかすると、新しい男性にめぐり会ったというのじゃないでしょうか？」

「なるほど。白馬に乗った王子様が現れたというわけですか。女心となんとやらですね」

「失礼ですわ、そんな軽薄な感じで捉《とら》えないでください。ひろ子はそんな浮わついた女じゃありませんよ」

「困るなあ、たったいま『新しい男性にめぐり会った』と言ったのは、あなたじゃありませんか」

「あ……」

哲子は顔を赤らめた。

「じゃあその言葉、撤回します」

「ははは……」

浅見は笑った。

「そうでないとすると、何だろう？……」

浅見は難しい数式を解くような顔になった。今度は哲子も黙りこくって、深刻に考え込んだ。

「もう一度、駒村さんの電話の様子を確かめさせてください。たしか『死神のやつ、あのインチキ野郎と一緒に吹っ飛んだ』と言ったのでしたね？」

「ええ、そうです」

「それから『私はまだ若いし美しい』と」

「ええ」

「つまり、自分の若さと美しさを再発見して、それで、あんなインチキ野郎のために死ぬのは馬鹿らしい――と気がついたというわけですよね」

「そうだと思います」

「それで、鏡かなあ……」

「え？」

「いや、そういう自分を再発見するには、やっぱり鏡を見たのだろうなと思ったのです」

「あ……、そうですねえ」

「そういえば、札幌にも地下鉄はあるし」

「じゃあ、『地下鉄の鏡で見た』っていうのは、そのことなのでしょうか？」

「うーん……、しかし、自分の美しさに見惚《みと》れて、それがダイイングメッセージになったというのは、辻褄《つじつま》が合いませんねえ。もしそういうことなら、あなたなど、毎朝、死ななければならない」

「まあっ……」

怒ろうとして、哲子は思わず吹き出した。ひろ子の事件以来、はじめて、心から湧き上がった笑いだった。

「ともかく、僕は札幌へ行ってみることにしますよ」

浅見は真顔になって、言った。

「駒村さんを死神から解放した原因は札幌にあるのだから、そこからスタートしなければ、謎は解けそうにありません」

「あのォ……」と、哲子は言いにくそうに訊いた。

「札幌へいらっしゃるのだと、ずいぶん費用がかかるのじゃありませんか？」

「そうですね。しかし、やむを得ません」

「でも、どうして……」

「あははは、物好きだと言いたいのでしょう？　性分だから仕方がありません。それと、こんなこと言うと怒られそうだけど、そういう趣味でもあるのです。つまり、不思議大好き——というやつですね。しかし、あなたの信念を知らなければ、ここまでのめり込むことはなかったのでしょうがねえ」

「すみません」

哲子は謙虚に頭を下げた。

「いや、そんな……、弱ったな、僕はべつに正義の騎士ではなく、ただの野次馬根性の持ち主なんですから。それより、もう一つ疑問があるのですが」

「はあ、何でしょうか？」

「駒村さんはなぜあのマンションの駐車場などへ行ったりしたのでしょう。それについてはどう思いますか？」

「分かりません」

「彼女はもちろん車を持っていないし、第一、その駐車場なんかには用はないはずです。その用のない場所へわざわざ行ったというのは、自殺する目的しかないではないか——というのが警察の考え方です。しかし、僕は必ずしもそうは思いません。ことに、あれが他殺だと断定してしまえば、そうなります。そこで平野さんに訊くのですが、駒村さんの恋人——沢田さんは車を持っていますか?」

「ええ、持ってますけど」

「それなら、ひょっとすると、駒村さんのアパートを訪ねる時には、あの駐車場に車を置いて行ったのかもしれませんね。あそこは、マンションの居住者用の駐車場であるのと同時に、一階の商店に来るお客など、外来者用の有料駐車場になっているそうですから」

「あっそうなんですか。じゃあ、ひろ子を殺したのは沢田さん……」

「あははは、ずいぶん短絡的ですね。可能性としてはそういうことも考えられますが、しかし、たぶん違うでしょう」

「どうしてですか? だって、もしひろ子が、沢田さんの結婚相手に過去のことをバラす——と言って沢田さんを脅したとしたら、沢田さんには殺人の動機があるわけじゃありませんか」

「駒村さんがそんなことをしたと思いますか?」

「……」

「札幌からの電話だと、駒村さんは過去のことを一切忘れて、新しい人生にスタートするような口調だったのでしょう? 死神と一緒にインチキ野郎が飛んで行ったという言葉は、何もかも吹っ切れた気持ちを表現していると思いますが」

「それはそうですけど……。じゃあ、どうして?」

「まあ、現在のところ、それも謎としか言いようがありませんね。宿題にしておきましょう」

浅見は伝票をつまむと、「では」と言って立ち上がった。哲子にしてみれば、なんだか物足りない、あっさりした別れであった。

8

札幌は道路以外の地上は一面の銀世界。日中の最高気温が氷点下六度の寒さだったが、天気のほうは小雪が舞う程度で、時には青空さえ覗いた。

駒村ひろ子が電話してきたという、〈テレビ塔のそば〉とは、むろん有名な札幌大通り公園の周辺と考えられる。その直下に札幌市営地下鉄の「大通《おおどおり》」駅がある。

もし札幌で『地下鉄の鏡』を見て、「ついさっき、死ぬことをやめることにした」という電話をかけたのだとすると、駒村ひろ子がいたのは、この場所の最寄《もよ》り駅——大通駅——である可能性が強い。そこにはたして『地下鉄の鏡』はあるのだろうか?——。

浅見はビックリ箱の蓋《ふた》を開けるような気分で、地下鉄の階段を降りて行った。

そこで浅見ははじめて知ったのだが、札幌には「南北線」「東西線」の二本の地下鉄が走っているのであった。それらはこの大通駅で上下二段になって交差している。そのために、広い構内であるにもかかわらず、かなりの賑わいであった。

出札も改札も自動化が進み、プラットホームに出ても、駅員の姿は一人あるかないかといったところだ。南北線が昭和四十六年、東西線が五十一年の開業だから、東京や大阪の古い地下鉄に較べると車両も施設も新しく、気持ちがいい。

そして、札幌の地下鉄が何よりも特徴的なのは、車輪にゴムタイヤを用いているところであった。したがって、地下鉄特有の、例のゴウゴウという騒音がない。車内もゆったりした感じで、乗ってみたくなる。

しかし、浅見は何も札幌の地下鉄を見物に来たわけではなかった。目指すは『地下鉄の鏡』である。上下二段の大通駅を、まるで駆け足なみのスピードで歩き回ったが、東京の駅ならどこでも見掛ける、広告入りの鏡のスタンドがさっぱり見当たらない。

駅事務所へ行って、受付窓口を覗き、「この辺に鏡はありませんか?」と訊いてみた。

「鏡ですかァ?」

駅員は妙な顔をして、付近を見回し、「鏡なら、トイレについていますが」と言った。

「なるほど、それはそうですね」

浅見は一応、感心して、「それ以外にはどこかにありませんか?」と訊いた。

「そうですなあ……、ないんでないかなあ」

駅員は首をひねり、背後の同僚に「どこかにあったかなや」と訊いている。「ねえな」と、同僚はすげなく答えた。

「ないですな」

若い駅員も復唱するように言った。

「あの、妙なお願いですが、女子トイレの鏡を見せていただくわけにはいかないでしょうか?」

「はあ?……」

若い駅員は胡散臭《うさんくさ》い目をして、浅見を睨んだ。変質者か何かかと思ったらしい。

「べつに怪しい者ではないのです。ただ、女子トイレの鏡はどんな風になっているものかと思いまして」

「そんなもの、男子トイレと同じですよ」

「はあ、そうでしょうねえ……」

それはそうだろうな——と、浅見は苦笑するしかなかった。直観的にいっても、駒村ひろ子の言った『地下鉄の鏡』がトイレの鏡であるという感じはしない。それならたぶん『トイレの鏡』と言っただろう。『地下鉄の鏡』はやっぱり、地下鉄そのものに密着した存在の鏡でありそうな気がする。

「そうですか、トイレ以外に鏡はありませんか……」

浅見はがっかりしながら、さらに粘ってみた。

「ほら、よく広告が入った、スタンド型の鏡があるでしょう。ああいったやつですが、ありませんかねえ」

「ええ、ありません。東京辺りだと、やたら広告入りのが置いてあるみたいだけど、札幌は観光都市ですからねえ、あんまし美観を損《そこ》なうようなのは置かないのです」

誇らしげに言う。

「しかし、お客さん、トイレの鏡ではいけないのですか？」

「ええ、それではだめなのです」

浅見は礼を言って、事務所の窓口を離れかけた。

その時、奥の方にいた駅員が「あ、お客さん」と呼んだ。「ちょっと待って」とこっちへ手を振っている。

浅見が戻ると、窓口の脇にある事務所のドアを開けて、中へ入るように手招いた。

「忘れていたのですがね、あるにはあるのですよ、鏡が」

「えっ、あるのですか？　どこにです？」

「ホームです」

「ホーム？　しかし、さっき覗いて見たのですが、それらしいものは見当たりませんでしたよ」

「それはね、ふつうに見たんじゃ気がつかないかもしれないのです」

「?……」

「ホームの最後尾――いちばん後ろまで行ってみましたか?」

「いいえ、階段を降りた辺りからでも、だいたい見通しがききますから」

「それじゃだめです。もっと先のほうまで行ってみなければ」

「そうでしたか、とにかく、もう一度行ってみます、どうもありがとうございました」

事務所を飛び出して、浅見はホームへ走った。プラットホームへの階段は、ほぼホームの中央付近に出る。前も後ろもほぼ見通すことができて、ホーム上には鏡のようなものは見えない。


しかし浅見は、今度は言われたとおり、最後尾まで行ってみた。行けども行けども、それらしいものはない。(おかしいな――)と思いはじめた時、『地下鉄の鏡』は目の前にあった。

なんと最後尾も最後尾、乗降口を示す目印の最後尾のところから、さらに先へ行ったところの壁面に、姿見のような大きな鏡が貼《は》りつけてあったのだ。

(なんだって、こんなところに?――)

浅見は呆れた。こんな誰もこないような場所に貼るくらいなら、もっと中央寄りに設置してくれたほうが、どんなに役に立つか知れないだろうに

――と思う。

鏡の前に立つと、比較的長身の浅見でさえ、膝《ひざ》から上のほぼ全身が映るほどの立派な鏡だった。

(これはまさに地下鉄の鏡だなあ――)

浅見はついでに服装の乱れをチェックしながら、つくづくそう思った。

駒村ひろ子は、この場所にこんな風に立って、この鏡を見たのだろうか？――。

――私は若いし美しい――

ひろ子が電話で言ったという言葉が思い浮かぶ。たしかに、ここに映る自分の姿を見れば、そのことを再発見できたかもしれない。浅見ですら、まんざら捨てたものでない――という感想を抱いたくらいだ。

そうして、ひろ子は死ぬことの愚かさに思い当たったというわけか――。

浅見はかなり長いこと、そこに突っ立って、鏡を眺めていた。その間に電車が到着し、発車した。乗客たちはおそらく、折角きた電車に乗りもせず、まるでナルシスのように己《おの》が姿に見惚れている男を、薄気味悪く思ったにちがいない。

もっとも、ここは乗車口を外れているので、近くには乗降客は一人もこない。だから、浅見本人としては他人に見られているかどうかさえ、気がつかなかった。

（なんだって、こんなところに？――）

あらためて、その疑問が頭に浮かんだ。

浅見はもう一度、駅事務所を訪れた。

「あったでしょう、鏡」

最前の駅員が、浅見の顔を見るなり、どういうわけか脅えたような目をして言った。

「ええありました。立派な鏡ですねえ」

「ああ、まあ……」

「ところで、ちょっと疑問に思ったのですが、あんなに立派な鏡を、どうして誰もこないような場所に設置したのでしょうか？　あそこでは、お客さんにあまり利用されないような気がしましたが」

「まあ、そういうことですなあ」

駅員は下唇を突き出すようにして、憮然《ぶぜん》とした顔になった。

「じつはですね、あまり大きな声では申し上げられないのだが、あの鏡はいわくがありましてねえ」

「いわく、ですか？」

「はあ……」

言うべきか言うまいか、さんざん迷った挙句、駅員は浅見の熱心さに根負けしたように、小声で言った。

「あれはですね、自殺予防のために設置した鏡なのです」

「自殺予防？……」

浅見はあまりにも話の筋書がピッタリ符合したことに驚いて、背筋がゾクッとした。

9

札幌の地下鉄は前述したように、ゴムタイヤの車輪を使用して騒音・振動の軽減を図ったり、そのほか、地上部分にはシェルターというトンネル様の覆《おお》いを被《かぶ》せるなど、都市交通機関としては最先端技術を駆使している。

数多い観光名所と並んで、地下鉄はいまや札幌市民の自慢の一つでもあるわけだ。

ところが、このスマートな地下鉄にも悩みがある。

その一つが、投身自殺なのだ——と、駅員はうんざりした顔で言った。

「開業して五、六年の間は、それでも年間、二、三人だけだったのですが、五十四年度から急激に増えて、年平均七、八人の自殺者が出ておるのです」

書類入れから引っ張り出した統計表によると、三十三駅の内、二十二の駅で「事故」が発生している。まあ「まんべんなく」と言ってよさそうだ。昭和六十年九月現在までの累計で、五十八件五十九人が電車に向かって飛び込んだことになっている。

「というと、二人一緒ということもあるのですか?」

「ええ、息子さんを抱いた父親というケースがありましてね、この時は息子さんだけが助かったのですが……」

その時の情景を思い出したのか、駅員は肩をすくめ、ブルブルと震えた。

「とにかく、あまりにも多いので、交通局としてもいろいろな対策を考えました」

電車の最前部に排障器を取りつけたのが昭和四十九年。五十一年には全駅のホームに安全柵《さく》を設置。その他、電車の侵入部に照明をつけたり、道床を改良したりしたが、いっこうに効果が上がらない。

「要するに、設備の問題じゃないのですな」

と駅員が嘆いた。

「いくらこっちが用心しても、向うがその気になれば、防ぎようがないのです。要はご本人の心の問題であるわけですよ」

「それはそうでしょうねえ」

浅見も同情を籠めて、頷いた。

「そこで、交通局は自殺志願者の心に訴える方法を考えたのです。まず最初にポスターを掲出しました」

「ポスター、ですか……」

浅見は驚いた。

「大島の三原山《みはら》や熱海《あたみ》の錦ケ浦《にしきがうら》にある立札みたいに、『ちょっと待て』とでも書いたのですか?」

「まさか、そんなもの掲出できるわけがないじゃありませんか」

駅員は呆れ顔をした。

「そんなんじゃなくて、ほかのポスターの下に、ごくさりげなく『悩みごとがあったらお電話ください』と書いたビラを貼ったのです。それと同時に『命の電話』というのも開設しましてね、その電話番号を大きく印刷しました」

「なるほど……、それで、効果はあったのですか?」

「うーん……、あったと思いますが、決定的とは言えなかったみたいですね。それで、最後の決め手として、例の鏡を設置したというわけです」

「なるほどなるほど、あれは効果があったでしょう」

浅見は勢い込んで言った。

「あった、と思います。事実、昭和六十年度の事故は、まだ二件しか発生していませんからね。わたしらにはどうしてそうなるのか分かりませんが、心理学の先生に言わせると、そういうものなのだそうです。つまりその、死のうとしている人には、周りからいくら、そんなつまらないことはやめろって言ってもだめなんで、本人が心の底からそう思わなけりゃ、またいつか病気が起きるっていうのです。それには、自分の姿を鏡で見せてやるのが、いちばん手っ取り早いっていうことなのでしょうかねえ」

それまでは死ぬことばかり思いつめて、客観的に自分を見つめ直す余裕がなかったのだが、鏡の中の自分の姿を見て愕然《がくぜん》とする。その瞬間、死神の手から解放される――ということは、たしかにありそうな話だ。

現に、駒村ひろ子がそうだったのではないだろうか――。

「しかし、それはそれとして、さっきお尋ねした点はやっぱり疑問が残るのですが」

浅見は言った。

「は？　何でしたっけ？」

「鏡の設置場所ですよ。そういう効果があるのでしたら、なおのこと、ホームの真中あたりに置いて、利用しやすくすればいいのではありませんか？」

「いや、それは素人さんの考えることで」

駅員は少し得意そうな顔をした。

「この統計でも分かるように、自殺者の八〇パーセント近くは、ホームの電車侵入側付近で飛び込んでいるのですよ。目撃者なんかの情報をまとめますと、ずいぶん長いこと、その場所でじっと考え込んでいるのだそうです。まあ、最後の決心を固めているのでしょうねえ。だから、そこに鏡を置くのが最も効果的なわけなのです」

「なるほどねえ……」

浅見の脳裏に、ホームの隅に佇《たたず》み、鏡に見入っている駒村ひろ子の姿が浮かんだ。

――地下鉄の鏡で見た――

そこで彼女が見たものは、死神に取りつかれた自分の姿だったのではないのか？――。もっとも、まさか現実に死神が見えたわけではないだろうけれど——。

（死神か——）と、浅見は胸の内で呟《つぶや》いた。札幌で死神から逃れたひろ子を、東京でまた、死神が摑まえた。

（その死神を、彼女は札幌の地下鉄の鏡で見たと言ったのだ——）

「つかぬことをお訊きしますが」と浅見は駅員に言った。

「この十一日に、地下鉄で何か事件が起きたというようなことはありませんか？」

「いや、今年に入ってからは、まだ飛び込みはありませんよ」

「そうでなくて、ほかの事件はどうでしょうか？」

「そりゃ、スリだとかひったくりだとかいった事件なら、いろいろ起きていますがね。そんなのはここの地下鉄でなくたって、雑踏にはつきものでしょう」

だが、駒村ひろ子が立っていた鏡の付近は、雑踏なんかではないのだ。その誰もこないような場所で、ひろ子は鏡の中に何を見たというのだろう？——。

10

代々木署の刑事課長は浅見の進言に渋い顔で答えた。

「いまさらねえ、あの事件をひっくり返してみたところで、何もありゃしないですよ」

「しかし、一応、アリバイ調査だけでもしてみたらいかがでしょうか？」

「アリバイって、誰のアリバイを調べろって言うんです？　第一、何度も言うようだけど、あれは自殺ですよ、ジサツ……」

「そうおっしゃらないで、せめて駒村ひろ子さんの関係者だけでも、あの晩、どこで何をしていたかぐらい確かめたっていいと思うのですが」

「あんたねえ……」と、課長はホトホト参ったと言いたそうに、大きく吐息をついた。

「警察がいったん自殺と断定した事件ですよ。何か新事実が出たとでもいうのならいざ知らず、ホトケさんが札幌で地下鉄の鏡の中に何か見たんじゃないか――なんて、そんなくだらない憶測だけで、このクソ忙しいのに動けるわけがないでしょうに。もういいかげんにしてくださいよ」

いまにも泣きそうに眉を顰《しか》めているが、これ以上浅見がしつこくしようものなら、たちまち怒りだすにちがいない。

浅見はこの壁のような相手を説得することは、諦めざるをえなかった。

その夜、銀座にある出版社へ行った帰りに平野哲子と落ち合って、食事をした。

「そうですか、だめなんですか……」

哲子はひどくがっかりして、浅見への労《ねぎら》いの言葉さえ、しばらく忘れているほどであった。

「警察って、ほんとうに頭が固いんですね。いくらあの遺書は違う、あれから後でひろ子の気持が変わったんだって説明しても、いったん自殺と決めたら、天地がひっくり返らないかぎり、考え直そうとしないんですもの」

「そのとおりですよ。ですから、もしあなたの中学生時代の日記に『死にたい』などと書いてあったら、いまの内に消しておくべきでしょうね。そうでないと、あなたが老衰で死んでも、自殺と断定されてしまう」

「まあっ……」

哲子はスープを吹き出しそうになって、目を白黒させ、それから苦しそうに笑った。

「浅見さんて、真面目《まじめ》人間なのか、それともひょうきん族なのか、さっぱり分かりませんわ。どこまで信用していいのかしら？」

「そりゃ、信用しないに越したことはありませんよ。僕自身、自分を頼りないと思っているのですから」

「でも、ひろ子の事件のことは本気で取り組んでいるのでしょう？」

「もちろんですとも。もっとも、僕の怖いおふくろに言わせると、そういう野次馬根性が抜けないかぎり、一人前にはなれないのだそうですがね」

「じゃあ、マザコン？」

「たぶん、でしょうね。おまけにブラコンときている」

「なんですの、それ？」

「兄がいるのですよ、歳の十四も離れた兄が。これがまた偉い兄で、頭が上がらない存在なのです」

「何をなさってるんですの？」

「国家公務員ですが……、まあそんなことはいいとして……」

浅見は急いで話題を変えることにした。兄が警察庁の刑事局長だなんて、この相手には金輪際《こんりんざい》言いたくない。

「とにかく、警察がどんなにこっちの進言を無視しようと、駒村さんが札幌の地下鉄で鏡を見たことはまちがいないと、僕は確信しました」

浅見は力強く言った。

「彼女が『地下鉄の鏡で見た』というダイイングメッセージを残したのは、その時、鏡の中に映った何かを見た、まさにそのことを言ったとしか思えないのです。そしてその何かとは、駒村さんをビルから突き落とした人物のことかもしれないのです」

「そうかもしれませんけど、でも、それが何なのか、誰なのか、どうすれば知ることができるのかしら?」

「それを知る手掛かりは、僅《わず》かながらあるにはあるのですよ」

「ほんとですか? どういうことですか?」

「それはですね、前にも言ったことですが、駒村ひろ子さんがなぜ、あのマンションの駐車場へ行ったのか——という疑問と結びつくと思います」

「ですから、それは沢田さんが犯人だという証拠じゃないのですか?」

「いや、沢田さんが犯人なら、ダイイングメッセージでそう言ったでしょう」

「でも、ひろ子が沢田さんを庇《かば》ったのかもしれません」

「それじゃ、あのダイイングメッセージは何だったのか、説明がつきませんよ。しかしまあ、いいでしょう、沢田さんも犯人候補の一人に数えるとして、僕が挙げる犯人候補『X』の条件は四つあります」

浅見は外国風に、小指から順に指を折っていった。

「まず第一に、一月十一日の夜、札幌にいた人物であること。第二に、あのマンションの駐車場を知っていること。第三に、十二日の夜——つまり、駒村さんが死んだ夜のアリバイがないこと。第四に、駒村さんが知らない人物であること」

「三つ目までは分かりますけど」と哲子は首をひねった。

「犯人『X』がひろ子のぜんぜん知らない人物だとしたら、ひろ子を殺す動機なんかありえないと思いますけど」

「なるほど。では、もう一つ条件を追加しておきましょう。『X』はひろ子さんをあの駐車場まで誘い出すことのできる人物です」

「だったら、ますます矛盾《むじゅん》するのじゃないかしら？　だって、あんな夜更けに、人気《ひとけ》のない駐車場なんかに、見ず知らずの人に誘い出されるなんて、とても考えられませんもの、ひろ子の場合」

「そのとおりです」

浅見は大きく頷いた。

「そのことから結論が引き出せます。つまり、犯人は二人である――駒村さんを誘《おび》き出した人物と、突き落とした人物は別人である、ということです」

「あ……、そうか……」

「もちろん、駒村さんを突き落とした犯人は、駒村さんの知らない人物ですが、駒村さんはほとんど無意識の内に、その人物を地下鉄の鏡の中で見ていたのでしょうね。最期の一瞬に、彼女はそのことを思い出した。しかし、その人物になぜ殺されなければならないのかは、最後の最後まで分からなかった――。『地下鉄の鏡で見た』と言った時の彼女の目は、いかにも不思議そうな印象でしたよ」

「それじゃ、陰で糸を引いていた真犯人は、ひろ子がよく知っている人物だったというわけなんですね？　そうして、その『地下鉄の鏡』の人物は殺し屋……」

哲子は愕然となった。

「だったら、やっぱり真犯人は沢田さんっていうことになるわ……」

「いやいや、そんな風に短絡して考えないでください」

「でも、沢田さん以外に、ひろ子を殺さなければならない動機を持つ人物なんて、考えられませんもの。そうじゃありません？　それとも、浅見さんはひろ子がどういう理由で――それも見ず知らずの人物に――殺されたのか説明できるのですか？」

「想像はできますよ」

「どんな風に？」

「要するに、駒村さんがその人物『X』を見てしまったからです。もちろんもう一人の、駒村さんが知っている人物もそこにいたのでしょう。しかし、駒村さんはその人物のことは見ていなかった」

「もしそうだとしても、ただ見られたという、それだけのことでどうして？……」

「それはたぶん、彼等がその時、見られては具合の悪いことをしていたからでしょうね。早くいえば、犯罪行為です」

「だけど、そこは地下鉄のホームなんでしょう？　衆人環視の中で、どんな犯罪行為ができるというのですか？」

「いや、プラットホームの端っこなんてものは、衆人環視という場所ではありませんよ。むしろ、乗客もあまりこないし、電車が発車した直後など、ホームそのものに人気がなくなってしまいますからね」

「それにしたって、ひろ子がいたじゃありませんか」

「ですからそこが問題なのです。犯人たちは駒村さんがいることに気づかなかったのじゃないかと思うのですよ。鏡の前に立つ位置が柱の陰になっていて、たとえば、反対側のホームなどから、駒村さんのいたところが死角になって、見えなかった可能性はいくらでもありえます。しかも、駒村さんはできるだけ人目につかないように、暗がりでじっと息をひそめるようにしていたでしょうから、なおさらです。ところが、駒村さんの側からは、鏡に映るその人物が見えていた。ことによると、駒村さんは、その人物が立ち去るのを待っていたとも考えられます。もっとも、いままさに死のうとする駒村さんの目には、見える物も見えないのと同じで、鏡の中の自分の姿だけがすべてだったかもしれませんがね。そして突然、死神にとりつかれている自分の愚かさに気がついた。そんな時、人はどういう行動を取るのか、僕には経験がないので分かりませんが、たぶん、彼女は走りだしたのじゃないでしょうか。一刻も早くその場所から逃げだしたくなったにちがいありませんよ。そうは思いませんか?」

「ええ、思います」

哲子は浅見の弁舌に圧倒されるように、頷いた。

「その時になって、犯人たちははじめて彼女がいたことに気づいたわけです。思いがけないところから、突然、人が走りだしたら、彼等はどんな風に思ったか……。おそらく『見られた』と、愕然としたでしょうね」

「そうですね」

哲子にも、その時の情景をまざまざと脳裏に浮かべることができた。

「しかも、その内の一人は駒村さんを知っている人物だった。このまま生かしておいたら、自分たちの破滅に繋《つな》がる——と思ったにちがいありませんよ」

「でも、そんな風に思うなんて、いったいどんな犯罪行為を、その人たちはしていたっていうんですか？」

「さあ、それは分かりません。もしかすると麻薬の取引きかもしれないし、べつの殺しの相談かもしれないし、あるいは産業スパイかもしれない」

「あっ、それだわ……、それです」

哲子が叫んだ。

「沢田さんならそういうこと、やりかねません。あの人、プログラミングに関係しているし、ソフトを持ち出して、どこかの会社に売ろうとしたんだと思います」

「あははは、また沢田さんですか、よくよく憎らしいんですね」

浅見は笑ったが、哲子は怖い顔をしたままだった。

11

会社では、駒村ひろ子の自殺の原因が、沢田智幸に対する失恋であることは、部内のおおよその人間がうすうす勘づいていた。三通の遺書の内容を見れば一目瞭然《りょうぜん》なのだが、もちろん遺書は公開されてはいない。しかし、そんなものがなくても、ひろ子と沢田のあいだが、ただの関係でないことぐらい察しがついている。

だが、社内でおおっぴらにその噂をする者はいなかった。それは沢田の婚約者が、いまをときめく技術部長の娘であるためだ。

当の沢田は――といえば、そう思って見るせいか、かつての恋人の死を悼《いた》むどころか、目の上のたんこぶが落ちてせいせいした、といわんばかりの顔をしている。

哲子は腹が立ってならなかった。

（あのインチキ野郎の化けの皮をひん剝《む》いてやらなくちゃ――）

浅見が何と言おうと、沢田がひろ子を殺害した犯人であることは、哲子の気持ちの中では九割がた決定的なものだ。直接手を下したのではないにしても、後ろで糸を引いた、いわゆる教唆《きょうさ》犯であることはまちがいない。

哲子はいつかそのことを確かめようと、沢田に接触するチャンスを窺《うかが》っていた。

そのチャンスは存外早く、やってきた。社員食堂でたまたま沢田と隣あう席に坐《すわ》ることができた。それも、哲子のほうから沢田の傍に坐ったのではなく、同僚と食事をしていると、偶然、沢田があとから仲間と一緒にやってきたのだ。

沢田は坐りかけてから、哲子に気がつくと、露骨に（しまった――）という顔をした。しかし、いまさらよそに席を移るわけにもいかない。

（やはり避けていたんだわ――）と、哲子はいっそう沢田が憎らしくなった。

「沢田さん、お元気そうですね」

哲子は食後の煙草を燻《くゆ》らせながら、さり気なく言った。

「ああ、まあね……」

沢田は用心深い口調で答えた。ひろ子のことを言い出されるのではないかと、ビクビクしているのが、分かる。

「そうそう、このあいだ、羽田空港《はねだ》で沢田さんを見掛けたんですけど」

「えっ？　いつさ、おれ、羽田になんかしばらく行ってないけど」

「十一日の土曜日です。夜、親戚《しんせき》を迎えに行った時、たしか沢田さんだと思ったんですけど、違ったのかしら？」

「ああ、だったら違うね。十一日はおれ、東京にいなかったから」

「あら、ご旅行でしたの？　どちらへ？」

「ん？　ちょっとね、伊豆《いず》のほうへ」

沢田はちょっと言い淀《よど》んでから、言った。

「ふーん、伊豆へですか……」

伊豆なら飛行機の旅行にはなりっこない。そういう場所を選んで答えたことにも、哲子は沢田の狡猾《こうかつ》な作為を感じてしまう。

「北海道じゃないんですか？」

ズバリ、切り込んでみた。

「北海道？……」

沢田は哲子がなぜそんなことを訊くのか、質問の意図が分からない——という目でこっちを見て、それからふいに、ハッとしたような微妙な目の動きを見せた。

「どうして北海道だなんて言うんだい？」

「べつに、ただ、私が沢田さんらしい人を見掛けたのが、北海道行きの搭乗ゲートを潜る人波の中でしたから」

「そう、それ、十一日の夜の何時ころ？」

「九時過ぎ頃だったかしら」

ひろ子からの電話は十時頃だ。九時頃の居場所がはっきりすれば、アリバイは成立するだろうと思い、とっさに、それに合わせるような時刻を選んで、そう言った。

「九時過ぎに搭乗ゲートをねえ」

沢田はいっそう意味ありげに哲子を見つめて、それからさり気なく首を横に振った。

「やっぱり違うね、おれじゃないよ」

「そうですか、だったらいいんです」

さすがにそれ以上の突っ込みはできなくて、哲子は席を立った。

夕刻近く、社内電話で、沢田から「帰りにちょっと、お茶でも飲まないか?」という誘いがあった。

「ええ、いいですけど」

すぐに答えてから、哲子の心臓がドキドキした。待っていた――という気持ちと、恐ろしさが半々であった。


銀座に出て、哲子が知らない高級な店に入った。飲物のメニューもふつうの店の倍近く高い。沢田だって、ひろ子とのデートでは、もっとランクの下の店へ行っていたはずだから、部長の娘との婚約が決まって、嗜好《しこう》まで変わったということなのだろう。

「ずいぶんいいお店を知ってるんですね」

哲子は皮肉っぽく、言った。

「うん、最近、開発したんだ」

沢田はいくぶん得意そうであった。

「部長のお嬢さんと来たんでしょう?」

「まあね」

(いけしゃあしゃあと――)

哲子は悔しくてならない。

「ひろ子、可哀相でしたわね……」

「うん、気の毒なことをした」

「沢田さんのせいでしょう」

「どういう意味だい、それ？」

「さあ、どういう意味かしら。彼女、沢田さんのこと恨んでいましたよ」

「そんなこと言われたって、困るよ。彼女とのことは過去の話なんだから」

「ひろ子にとっては現在進行形のつもりだったのじゃありませんか？　少なくとも、部長のお嬢さんのお話が出るまでは」

「関係ないさ、そんなこと。彼女とのことは終わったのだ。そこへ部長の話が出たのは、単なる偶然でしかない」

「でも、ひろ子の遺書にはあなたとのことが原因だっていう風に書いてあったわ」

「だから、それは迷惑だったよ。二人で話し合って別れたことは事実なんだから。現に、結婚している夫婦だって別れるじゃないか。恋人同士が別れることなんか、珍しくもなんともない。ただ、たまたまその直後に、部長の娘さんとおれとのことを聞いたものだから、彼女もきみと同様、騙《だま》されたとでも思い込んだんじゃないかな」

「卑怯《ひきょう》だわ」

哲子は唇を嚙んで言った。

「卑怯？　そういう言い方は失礼だろう。いや、しかし今日はそのことを蒸し返すつもりできみを呼んだんじゃないのだ。それより、きみは何だっておれと羽田で会ったなんていう、出鱈目《でたらめ》を言ったりするんだい？」

「出鱈目じゃありません、たしかに沢田さんそっくりの人を見掛けたから……」

「それは嘘だね」

「嘘じゃありませんわ」

「いや、嘘だ。だってきみは、九時過ぎ頃、北海道行きの搭乗者の中におれを見たって言っただろう?」

「ええ、事実そうなんですもの」

「だからそれが嘘だって言うんだ。夜の九時過ぎに出る便なんてないからね」

「あ……」

思わず、哲子は口を開けて声を出してしまった。

(しまった)と思った瞬間、平常心を失って、顔から血の気が引くのが分かった。

「なんだってきみは、そんな、人を引っかけるような嘘をついたんだい?」

「……」

何か弁解しようと思いながら、哲子は言葉を失っていた。

「十一日の午後九時に、いったい何があったというんだい?」

沢田は畳みかけるように詰問した。彼の蛇のように執拗《しつよう》な眼に射《い》すくめられ、哲子は必死の想いを籠めて、言った。

「ひろ子が死のうとしていたんです」

「ひろ子が?……」

沢田は思わぬ逆襲に出会って、たじろいだ。

「ええ、北海道で死のうとして、札幌で、地下鉄に飛び込むつもりで……、でも、死ぬのをやめて、私のところに電話してきて……、それがちょうどその頃だったんです」

夢中で、バラバラのセンテンスを並べるような言い方をした。

「しかし、ひろ子が死んだのは十二日の夜だよ。それも東京でだ」

「ですから、ひろ子は自殺なんかじゃないんです。

あれは殺されたんだっていうことを、私はちゃあんと知っているんです」

「ばかばかしい、警察だって自殺と断定しているじゃないか。それに、どっちにしたって、十一日におれがどこにいたのかなんて聞いても、まるで意味がありゃしない。いったいきみは何を考えているんだ？」

「十一日には、本当に札幌には行ってなかったんですか？」

「行ってなんかいないよ、それとも、きみの嘘みたいに、ひろ子が電話で、おれを見たとでも言ったのかね」

「そうじゃないですけど……。でも、死ぬ時に『見た』って言ったんです。札幌の地下鉄で見たって」

「このおれをかい？　ばかばかしい」

「そうとは言わないけど、知ってる人が何か犯罪行為をしているのを見たことはたしかです」

「犯罪行為って、何だい？」

「たぶん、ソフトか何か、会社の秘密を売ろうとしていたんじゃないのですか？」

「何をくだらないことを言ってるんだ、推理小説を読みすぎて、頭、おかしくなったのと違うか？」

冷笑されて、哲子は唇を噛んだ。

「それなら訊きますけど、沢田さんは十二日の夜はどこにいたんですか？」

「今度は十二日か。え？　きみィ、何を言ってるんだ？　まさかおれがひろ子を……」

沢田は恐ろしい眼で哲子を睨んだ。それから急いで周囲を見回して、テーブルの上に屈み込むようにして、声をひそめた。

「おれがひろ子を殺《や》ったとでも思ってるんじゃないだろうな？」

「違うんですか？」

「ばかなっ……」

沢田は醜く顔を歪《ゆが》めて笑った。

「知らない人が聞いたら、本気にするぞ」

「知ってる人が聞いたら、やっぱりって思うんじゃないかしら」

「いいかげんにしろ！」

沢田は立ち上がり、もう一度、坐り直して言った。

「いくら親友が死んだからって、血迷うにもほどがある。そんなデマを飛ばして、もしおれが失脚したら、ただじゃすまないぞ」

「殺すとでも言うんですか？」

「ああ、そうするかもしれない。女のきみなんかには分からんだろうが、男は必死だ。チャンスがあったら、しがみついてでも階段を登るしかないんだ」

沢田の両の拳《こぶし》が震えている。哲子はゾッとした。この男、本気で私を殺すかもしれない——と思った。

12

正直なところ、会社の連中のやっかみ半分の羨《うらや》みとは逆に、このところ、沢田は不安でならなかった。駒村ひろ子の自殺以来、技術部長の、沢田に対する様子に変化が兆《きざ》しているような気がしていたからだ。

じつは、娘との縁談を持ち込んだ時点で、部長は沢田とひろ子との関係を、ぜんぜん知らないわけではなかった。大事な娘の相手だ、興信所を使って、ひととおりの身上調査はやっている。それを承知の上で、沢田にひろ子との関係を清算することができるのかどうか、確認した。

「きみほどの男に、彼女の一人や二人いるのは当然だ、あと腐れなく別れることが可能なら、べつに問題はない」

ずいぶん太っ腹といえばいえるが、それくらいに、娘が沢田に惚《ほ》れているということであった。

沢田はひろ子との付き合いを何もかも正直に話した。

「彼女とはとおりいっぺんの恋愛関係です。その証拠に、彼女のアパートに車で送って行ったことはありますが、泊まったりはしていません」

「あははは、そのことも知っているよ。興信所というのは、商売とはいえ、よく調べるもんだねえ。あそこのマンションの駐車場は十二時までが営業時間で、それギリギリに帰ってゆくきみを見ているそうだ」

部長はどこまでも太っ腹に笑ってみせた。沢田は感激して、必ずひろ子との関係を清算すると確約し、そのとおりに実行した。

だが、さすがに、若い女性が自殺したという事実は重い。そこまで彼女を追い詰めた沢田の道義的責任を思えば、いくら惚れた相手とはいえ、部長親娘《おやこ》の気持ちも鈍ることは当然、考えられた。

このままでは、婚約どころか、会社での地位も怪しくなりそうだ。それこそ札幌かどこかへ左遷《させん》の憂《う》き目を見るかもしれない——と、沢田は気が気でなかった。

そんなところへ、平野哲子が奇妙な話を持ち込んだ。哲子としては、沢田への疑心を確かめるつもりだったのだが、沢田はそこから重大なヒントを得た。

（一月十一日には、技術部長が札幌に行っていたはずだ――）

そのことは、伊豆へのドライブの際に、部長の娘から聞いた。

「今日、パパ、札幌なんです」

その時はべつに何とも思わなかったが、哲子の話を思い合わせ、さらに社内で囁《ささや》かれている「頭脳流出」の風聞を思い合わせると、「ソフトを売ろうとして」と言った哲子の言葉が、がぜん重大な意味を持っているように思えてくる。

（おれだって、部長の秘密を摑んでいるのかもしれない――）

沢田は思った。これまで一方的に部長の思いのままに操られていたけれど、これからは対等――いや、それ以上の付き合いができるのかもしれない。

数日後の夜、沢田は部長を誘って、銀座に飲みに出た。誘いに乗ることは乗ったが、気のせいか、やはり部長の態度には以前のような親しみは見られなかった。へたをすると、こっちが話を切り出す前に、向うから別れ話を持ち出されそうな不安を、沢田は感じた。

「部長は一月十一日、札幌に行かれたそうですね」

沢田は言った。

「ああ、行ったよ」

「じつは、部長のことを見たという者がおりましてね」

沢田は意味ありげな視線を部長に送りながら、言った。

「ん？　私をか？……」

ギクッとしたように、部長は沢田を見た。手応《てごた》えあり——と沢田は思った。

「ええ、部長が人と会っていらっしゃるところを見たそうです」

「なに？……」

部長は薄笑いを浮かべている沢田の顔を、恐ろしい形相《ぎょうそう》で睨みつけた。

沢田は予想以上の効果に驚きながら、すっかり気をよくしていた。獲物をいたぶる猫のような快感すらいだいた。

「き、きみは、何が言いたいのだ？」

「いえ、べつに何という……。ただ、未来のお父上の秘密を知っているほうが、何かと話が通じやすいと思いまして」

「なんだと、まだきみにお父上などと呼ばれる筋合はないぞ。それより、きみは駒村君のことで責任を感じないのかね」

「それはもちろん、責任を感じてはいますよ。しかし、人間、誰しも過《あやま》ちはあるんじゃありませんか？　部長だって、札幌で……」

「黙りたまえ、失敬なやつだ」

部長は大きな声を出した。近くの客がいやな顔をして、こっちを見た。

「私が何をしようと、きみの知ったことではないだろう」

さすがに声のトーンを落として、言った。

「そんなことで、自分の罪を正当化しようという、きみの根性が気にいらんな」

「しかし、道義的責任のことをおっしゃるなら、ご自分だって……」

「何を言うんだ。きみのケースと同じレベルで批判するなんて、とんでもないぞ。札幌の女性は、しかるべき筋を通して、いずれは私の後添《のちぞい》になるかもしれないという関係だ。娘が片づくまでは秘密にしておこうとしているだけで、やましい点は一つもない。私のプライベートな問題に、余計な口出しはせんでくれ。しかも、それを脅しに使おうとするなんて、見下げ果てた男だな。不愉快だ、娘とのことはこれっきりにしてもらおう」

一万円札を三枚、テーブルの上に放り捨てると、部長は荒々しく席を立って、店を出て行った。

ガーンと打ちのめされ、沢田は目が眩《くら》んだ。何がなんだか、分からない状態といってもよかった。その混乱した頭の中で、ただ、技術部長の女婿《じょせい》になり損なったことと、クビそのものがあぶなくなったという事実だけは、はっきり確認できた。

13

待ち合わせ場所の喫茶店に、浅見が時間通りに行くと、平野哲子はすでに来ていた。

浅見がコーヒーを注文するのを待ちきれないと言わんばかりに、哲子は言った。

「ニュースなんです。あのね、沢田さん、会社辞めるみたいなんです」

「ほう、どうしてですか？　出世街道まっしぐらだったはずじゃないですか」

「そうなんですけどね、急になんだかノイローゼみたいになっちゃって、めちゃくちゃなことを口走ったりするんですよね。あれ、やっぱり、ひろ子を殺したたたりじゃないかって思うんですけど」

「あははは、まだそんなことを言っている」

浅見はおかしそうに笑った。

「沢田さんは犯人なんかじゃないって言ったでしょう」

「でも分かりませんよ。真犯人が誰だか分からない以上は」

「いや、犯人はもう分かっているのですよ」

「えっ？」

哲子は驚いて、浅見の笑顔を眺めた。

「ほんとですか？　それじゃ、犯人は捕まったんですか？」

「いや、まだ逮捕まではいってないけれど、時間の問題でしょうね」

「いったい誰なんですか？　犯人は」

「それはいま言うわけにはいきません。まだ警察にも教えてないいんだから」

「え？　え？……」

哲子はさらに驚いた。

「それじゃ、犯人を見つけたのは警察じゃなくて、浅見さんなんですか？」

「ええ、そうですよ。だって、警察は駒村さんの死を自殺と断定してしまったじゃありませんか」

「それはそうだけど……でも、どうして？　どうして犯人が分かったんですか？」

「それはこのあいだ僕が言ったでしょう。犯人を特定する要素がいくつかあるって」

「ああ、そういえば何かおっしゃってましたわね」

「やれやれ、あまり熱心には聞いてくれなかったみたいですね」

浅見は苦笑した。

「まあいいでしょう。それじゃ、記憶を新たにするために復習しますよ。要するに、犯人の条件は第一に、一月十一日の夜、札幌の地下鉄駅にいた人物であること。第二に駒村さんのことを知っている人物であること。それも、単に顔見知りという程度ではなく、かなり詳《くわ》しく——たとえば沢田さんとのことも知っている人物ですね。第三にマンションの駐車場のことも知っていること。それから、これが肝心なのですが、その犯人のことは、駒村さんはほとんど知らなかったということです」

「それがおかしいですよねえ」

哲子は疑問を投げた。

「犯人側がひろ子のことを詳しく知っているのに、ひろ子は犯人のことを知らないなんて、そんなこと、あるかしら?」

「それは、そういうケースはいくらでもあるでしょう。たとえばあなたにしてもです」

「えっ? 私が?」

「そうですよ。あなたほどの美人なら、きっと、通勤電車の行き帰りで出会う人は、近所に住んでいる人の中に、ひそかに想いを寄せている男性は何人もいるにちがいない」

「いやあだ、気味が悪い」

「ははは、ひどいことを言うなあ。まあそれはそれとして、そういう片想いの男性が、あなたの名前や住所、それに勤務先や恋人のことを調べたとしても、ふしぎはありませんよね。ところが、あなたのほうはそんなことはちっとも知らない」

「じゃあ、そういう片想いの人が、ひろ子にもいたっていうことですか?」

「たぶんそうだと思って調べたら、やはりいましたよ。それも一人でなく、何人もね」

「でしょうねえ、彼女、美貌《びぼう》だし、プロポーションだってかっこよかったもの。それで、その中の一人が犯人だっていうわけなんですか?」

「そういうことです」

「でしたら、早く警察に届けて捕まえたらいいじゃありませんか」

「ところが、証拠がないのです。証拠もないのに、その男が犯人だと言い立てたところで、警察は相手にしてくれませんからね」

「それはそうでしょうけど……でも、だったら犯人が分かったというのも、ただの憶測にすぎないってことじゃないんですか?」

「そう言ってしまうと身も蓋《ふた》もないけど、僕が言うのは状況証拠はあるという意味なんですよ。しかし、それだけでは警察は動かないでしょうね」

「じゃあ、いくら犯人だと分かっていても、状況証拠だけじゃどうすることもできないんですか?」

「いや、まったくないわけではない」

「どうするんですか?」

「犯人が動きだせば、自然に道が開けるものです。いまのところ、犯人はじっと息をひそめて、ほとぼりの冷めるのを待っていますけど、いずれ動かないわけにはいかないでしょうからね」

浅見はすずしい目をして、哲子に微笑《ほほえ》みかけた。

14

ダイヤモンドマンションの五階駐車場に、駒村ひろ子の幽霊が出るという噂が流れはじめたのは、ひろ子が「自殺」して二週間ほどたった頃である。

マンションの住人の中には、実際に幽霊を見たという者がかなりいた。

「リフトで上がってきて、車を奥のほうへ入れようと走っていたら、見たのよねえ、あの女の人が飛び降りた辺りから、下を覗くようにして立っているのを……」

その噂は、ひろ子がよく行っていた喫茶店『エーデルワイス』でももちきりだった。

「おれなんかさ、幽霊でも何でもいいから、彼女に出てきてもらいたいんだけどなあ」

そういう威勢のいい客もいる。

「ははは、そういうお客さんは多いんじゃないのかな」

マスターも調子を合わせた。

「ねえ、坂本さん、おたくなんかもそのクチじゃないの?」

「よせよ、くだらねえ冗談は」

坂本と呼ばれた男は、面白くなさそうな仏頂《ぶっちょう》面《づら》で応じた。

「だってさあ、坂本さん、彼女にはかなりイカれてたんじゃないの? いつもマンションの部屋から、双眼鏡で彼女のアパートを覗いていたとか、自慢してたじゃない」

「そうそう、坂本さんはあのマンションの七階だっけ。そういや、彼女が死んだすぐ上にいたってことだよねえ。彼女、もしかしたら、自殺した時、おたくのこと考えて、助けに来てくれないかしら――なんて思ったかもしれないな」

「そういえば、おたくの後ろに女の影が立っているみたいだ。背後霊じゃないかな」

「やめろって言ってるだろ!」

坂本は椅子《いす》を蹴飛ばすようにして立ち上がり、真剣になって怒鳴った。

「そんなにマジになって怒ることないじゃない」

からかっていた客も白けた。

坂本はテーブルの上に放り出すようにして金を払うと、荒々しくドアを押し開けて帰っていった。

ダイヤモンドマンションのエレベーターは二台ある。坂本はいつもその右側のに乗ることに決めていた。ゲンをかつぐという、あれである。

エレベーターは七階まではせいぜい二十秒ほどしかかからないが、坂本はその二十秒が不安でならない。エレベーターの中に永久に閉じ込められてしまうのではないかという、恐怖心に駆られるのだ。

坂本はエレベーターが動きだすと、イライラと足を踏んでリズムを取った。

ふと、そのリズムに合わせるように低い声が聞こえるのに気がついた。


——南無妙法蓮華経、南無妙法蓮華経……。

あきらかにお経を唱えている声だ。

(どこだ?——)

坂本はエレベーターの中を見回した。音の発生源が分からないうちに、エレベーターは七階に停まった。

坂本は転げるように廊下に出て、七〇四号室へ走った。ドアに鍵を差し込もうとするのだが、慌てているのでうまくいかない。

やっとの思いで中に入ると、電話が鳴っていた。

坂本はほっとした気分であった。相手が誰にもせよ、この際は人の声が懐かしかった。

「もしもし、坂本です」

「…………」

電話の中は無言である。

「もしもし、もしもし……」

電話の奥の闇《やみ》に向かって、坂本は叫んだ。

(ん?——)

ふいに、坂本は女のすすり泣きの声を聞いた。闇の中から、かすかに、そして次第に大きくなるしのび泣きだ。

坂本がゾーッとした時、すすり泣きの女が言った。

——札幌で見たわよ。

「なにっ?」

——札幌の地下鉄で見たわよ。

坂本はほとんど取り落とすように受話器を置いた。

急いで双眼鏡を摑み、窓に駆け寄った。

カーテンの隙間《すきま》から駒村ひろ子のアパートの部屋を覗いた。ひろ子の部屋は雨戸が閉ざされたままのはずだ。

その雨戸が開いていた。誰か入居者がきたのかもしれない——と、坂本は無理に思い込もうとした。

向こうの窓は半開きになっていて、白いレースのカーテンが揺れて、隙間から部屋の中が見える。

そこにブルーのワンピースを着た女が立っていた。坂本には見憶えのある服だ。駒村ひろ子がお気に入りらしく、沢田とかいう恋人と『エーデルワイス』に現れる時は、いつもその服を着ていた。

(まさか、そんなばかな——)

駒村ひろ子は死んだはずである。警察が来て死体を運んで行ったし、新聞の記事にもなった。

坂本は自分の臆病《おくびょう》を嘲笑《ちょうしょう》した。

カーテンを閉じた時、また電話がなった。ギクリとした。すぐには受話器を取る気になれなかった。十度鳴らしてやめなければ取ろうと思った。

ベルは十三度、鳴った。十四度目に受話器を取った。

――なんだ、いたのか。

いきなり食ってかかるような男の声であった。背後でパチンコ屋らしい騒音がしている。逆に、声のほうは無理に抑えた感じの、野太い声で聞き取りにくい。

それでも幽霊の声よりはよほどマシだ。坂本はほっとしながら答えた。

「いま戻ってきたところなんです……ええと、どちら様ですか？」

「どちら様ってことはないだろう、大変な仕事をさせておいて」

野太い声は、よくテレビのニュースで、インタビューしている相手の声を「音声は変えてありますす」とスーパーが入る、あれによく似ていて、声だけでは相手が誰なのか、坂本にピンとこなかった。

「ああ、じゃあ根岸《ねぎし》さんですか？」

「そうだ、根岸だ」

「どうも、なんだか声が違うみたいだったもんで。失礼しました」

「それはいいけどよ、あんた、いったいどうなっているんだ？」

「どうなって……と言いますと、何がどうなったと？」

「サツが来たんだよサツが」

「えっ？　警察が、ですか？　しかし、何だってまた？」

「あんたが密告《サシ》たんじゃねえのか？」

「密告《サシ》た？　冗談じゃないすよ、おれが何を密告したって言うんです？　ヤクのことをですか？」

「いや、それだけじゃなさそうだな。刑事は一課の刑事だった。十二日の夜のアリバイを確かめに来やがったからな」

「十二日の夜っていうと……まさか、そんなこと……」

「警察に分かるはずがねえって言うのかよ。そう言いたいのは、おれのほうだよ。それが分かったってことは、こりゃ、どういうことかねえ。誰かが密告しねえかぎり、分かりっこねえんだ、いったいどういうことだ？」

「それはおれにだって分かりません」

「あんたは分からねえですむかもしれないけどさ、こっちはヤバイんだからな」

「そんな……おれだって、同じですよ。直接殺《や》ったのは根岸さんでも、おれも共犯ですから」

「しかし、あんた以外に密告するやつはいねえんだから」

「そんな……そんなこと言われたって、知らないものは知らないんですから……。いや、もしかしたら、誰かが見ていたのかもしれませんよ」

「見ていた？　誰が？」

「分かりませんがね、さっきも妙な電話があったばかりなんです」

「さっきって、いつのことだ？」

「根岸さんの電話がかかるちょっと前です」

「誰からだい？」

「それが分からないんです。女であることは確かなんですが」

「女か。で、それがどう妙なんだい？」

「気味が悪いんですよね。幽霊みたいなことを言いやがって」

「何て言ったんだ？」

「それがですね。札幌の地下鉄で見たっていうんです」

「札幌の地下鉄？　そ、それじゃあの時見られた女ってのは、あんたの言ってた女とは違うんじゃないのか？」

「そんなはずはありませんよ。おれが見たのは間違いなく、駒村ひろ子って女だったんだから」

「だったらどうしてそんな電話がかかるんだよ」

「ですからね、ですから妙な電話だったって言うんですよね。もしかすると、あれは幽霊じゃねえかと……」

「いいかげんにしねえか。よくそう嘘がつけるもんだな」

「嘘じゃねえんですから」

「ふん、あんたの言ってることは信用できねえな。いまだってはっきり嘘だって分かること言ったじゃねえか」

「何を言いました？　嘘なんかついてませんよ」

「言ったじゃないか。その女から電話があったのは、おれの電話のちょっと前だって。ところがさ、おれが電話した時、あんた、いま戻ってきたところだって言ったんだぜ」

「あ……あれはですね、つまり……」

「いいよ、分かったよ。あんたは信用できねえってことがな」

ガチャリと電話が切れた。

坂本は受話器を持ったまま、ぼうぜんと突っ立っていた。

（根岸がこのおれを信用しないとなると、どうするつもりなのだろう？——）

根岸は密告者を坂本だと思ったにちがいない。ああいう連中が密告者に対してどういう措置を取るのか、おおよその想像はつく。麻薬取引の現場を見られたというだけのことで、容赦《ようしゃ》なくひろ子を消すような男だ。

坂本はひろ子を誘い出すのに手を貸したけれど、よもや根岸がいきなり、ひろ子を放り投げるとは思ってもいなかった。

考えてみると、地下鉄のプラットホームで根岸に麻薬を渡したところを、駒村ひろ子に目撃されたかどうかだって、はっきりしないのだ。

あの時、誰もいないと思っていた隣のホームの柱の陰から、突然、女が走りだして、しかもその女が駒村ひろ子だと分かって、坂本はすっかりうろたえてしまった。

「知ってる女なのか?」

根岸は恐ろしい目をして言った。

「ええ、おれのマンションの近くの女です。よく喫茶店で顔を合わせるんです」

「まずいじゃないか」

「はあ……」

「始末せにゃならんな」

その「始末」があああいう方法だとは、坂本は思わなかった。

坂本は麻薬の運び屋として、組織に雇《やと》われている。一見カタギふうの坂本は、警察のブラックリストにも載っていないし、刑事や麻薬Gメンにマークされることもない。運び屋としてうってつけの人材であった。はじめはごく少量の麻薬を持ち歩いたのだが、最近では、東京から九州や北海道の組織あてに百グラム単位の麻薬を運ぶよう、委託されるまでになった。

一回の運搬料はアゴアシつきで十万から三十万円。悪い稼ぎではない。コロシやカツアゲをやるわけじゃないし、犯罪を犯しているという意識もないほど楽な仕事だった。

しかし、こういう状態になると、話は違ってくる。

(根岸はおれを殺す気だ——)

坂本は疑いもなく、そう思った。ぐずぐずしてはいられない。何か善後策を講じなければ——。

根岸はいくら事情を説明しても弁解しても、通じるような相手ではない——と坂本は思った。下手に接触しようものなら、その時点で消される可能性のほうが高い。

(殺される——)

恐怖感がひしひしと迫ってきた。一刻の猶予《ゆうよ》もならないと思った。

坂本は部屋の天井裏をこじあけて、麻薬の包みを取り出した。そして、ガサ入れがあれば簡単に分かりそうな、サイドボードの引き出しに放り込んだ。

代々木警察署に匿名《とくめい》の電話があったのは、それから数分後のことである。

「ダイヤモンドマンション七〇四号室の坂本という人物は、麻薬の運び屋です」

電話はそれだけ言うと、切れた。

警察が坂本の部屋を急襲して、麻薬を発見、坂本を緊急逮捕した。

さらに坂本の自供に基づき、根岸を殺人容疑で手配したことはいうまでもない。

15

「おめでとう……と言っていいものかどうか分からないけど」

浅見は苦笑を浮かべながら、平野哲子とジュースの乾杯をした。

「やっぱりおめでたいんじゃないんですか、犯人が捕まったのだし」

哲子はかえって浅見を慰めるように言った。

「そうですね、それにあなたの幽霊の物真似《ものまね》は名演技だったし」

「それは浅見さんですよ。あたし驚いちゃったんですよね。だって、浅見さん、札幌で麻薬を受け取った男——根岸っていいましたっけ？　その男のことなんか名前を知らなかったくせに、声色まで真似しちゃうんですものねえ」

「あはは、それだって、坂本があなたの幽霊に脅かされて、すっかりうろたえてしまったからですよ。でなきゃ、いくらなんでも、僕の声を根岸の声だと思い込むはずがない。もっとも、坂本だって沢田氏の声を真似て、駒村ひろ子さんをだましているんだから、どっこいどっこいですけどね」

浅見は真顔になって言った。

「やはり、坂本は十二日の夜、根岸とともに札幌から戻るとすぐ、沢田氏の声を真似て駒村ひろ子さんを誘《おび》き出したそうです。いまマンションの駐車場にいるから、きてくれないか——と言って」

「それにひろ子さんは乗ったんですか？」

哲子は悲鳴を上げるような声を出した。

「そうらしいですね。こんな言い方はしたくないのですが、エレベーターで一緒になった目撃者の女性の話によると、駒村さんはイソイソという感じで駐車場に出て行ったということです」

「ばかねえ、あんなにインチキ野郎って言ってたくせに」

哲子は罵《ののし》ったが、ひろ子の気持ちが分かるような気もした。沢田とのことは、ひろ子にとってはかけがえのない夢だったのだ。その沢田から会いたいという電話があった。

一縷《いちる》の望みを抱きながら、ひろ子はアパートからマンションまで、走り続けたことだろう。それは悲しい情景であった。

「警察の調べによると、坂本には駒村さんを殺害する意志はなかったし、根岸が駒村さんを殺すとも思っていなかったのだそうです。そうでなければ、駒村さんを誘き出したりしなかったと言っているそうですよ」

浅見にしてみれば、それが唯一の慰めだと思っている。

「でも、結果的には殺しちゃうことになったんですもの、やっぱり許せませんよ」

哲子は強く言い切った。浅見はそれには反論しない。

「ところで、沢田さんはやはり会社を辞めたのですか?」

「ええ……」

とたんに哲子はしょげた表情を見せた。

「私、沢田さんに悪いことをしちゃったのかもしれないんですよね」

「どうしてですか?」

「だって、沢田さんを犯人みたいに言って責めて、それからあの人、おかしくなっちゃったんですもの。部長のお嬢さんとの結婚もパアになっちゃったし……」

「それは何もあなたのせいじゃないでしょう。天の配剤というものかもしれませんよ」

「だといいんですけどね……それより」

哲子は勢い込んで言った。

「今度の事件で浅見さん、大手柄だったんですもの、警視総監賞か何かもらえるんでしょう?」

「ははは、だめですよ、そんなの。第一、坂本は自分で自分を密告して、逮捕されたんですからね。僕が警察のためにやったことなんか、誰も知りません。あなたの折角の名演技も、闇から闇へ消えてしまう運命ですよ。まあ、そのほうが、あとの仕返しの心配をしないですむから、望ましい結果ではありますけどね」

「ほんと、そういえばそうですねえ。まさか浅見さん、そこまで計算したわけじゃないのでしょう?」

「さあ、どうかな……」

浅見は曖昧《あいまい》に微笑した。

「でも、私はひろ子の友人だからいいけど、浅見さんは赤の他人のために尽力して、おまけに札幌まで行ったりして、けっこう大変だったでしょう。何も報酬がないんじゃお気の毒だわ。警察だって、勲章ぐらいくれてもいいと思うんですよね」

「勲章なら、もうもらいましたよ」

「え? ほんとですか?」

「ええ、僕の目の前に大きな勲章がある。それはあなたの美しい笑顔ですよ」

浅見にしては一世一代のキザな台詞《せりふ》に、哲子はほんとうに笑い出した。

透明な鏡

1

大井松田《おおいまつだ》のインターを過ぎた辺りから睡魔が襲ってきた。明け方近くまでかかって、やっとこ原稿を仕上げたのが祟《たた》っている。

浅見光彦は御殿場《ごてんば》サービスエリアに入り、駐車場の隅っこのほうに車を停《と》めると、シートを倒してひっくり返った。

目的の沼津《ぬまづ》・三島《みしま》インターまではあとわずかだが、浅見は運転中に眠くなったらできるだけ早く眠ってしまう主義だ。

トロトロと十分や十五分はまどろんだにちがいない。人の話し声で目が覚めた。「じゃあ、どうしてもだめなのね?」と、若い女のきつい声だった。

「そういう言い方をされると、僕だって辛いけどさあ……」

いかにも煮え切らない感じの男の声がつづいた。

「木下《きのした》さんはいつだってそうなんだから」

女は悔しそうに言っている。

どうやら浅見の車のすぐ近くで、若い男女の諍《いさかい》が行われているらしい。

「スズちゃんは私と木下さんのこと知っているの?」

「とんでもない、知ってるわけないじゃないか」

「そうよね、知ってたら私を押し除《の》けるような、あこぎなことはしないもんね。彼女は木下さんと違うんだから」

「そう言うなよ。僕だってきみを愛している気持ちには変わりはないんだ。ただ、結婚となるとね、いろいろとあってさ。もともとそういう約束だったじゃないか」

「ずるいわよ、そんなの。そりゃ、最初はそういうつもりだったけど……、でも、時間が経《た》てばそういうのって、変わってゆくもんじゃない？　木下さんだって、いつか、結婚してもいいって言ったじゃない」

「いや、いいかなあって言ったんだよ。結婚するとは言わなかった」

「またそれだものね。そうやってその場逃れをするんだから。まったく性格悪いったらありゃしないわよね」

「ひどいこと言うね。だったら、そんな性格の悪いやつとはさっさと別れてやればいいじゃないか」

「そんなふうに簡単にいかないわよ。さんざん遊ばれて、そのあげくにポイだなんて、ばかにしてるわ。許せないわよ」

「そこまで言うんなら僕だって言うけどさ、遊びはおたがいさまだろ、いまさらイチャモンつけられる理由はないよな。あまりゴネると、きみの将来の結婚にだって影響、よくないんじゃない？」

「結婚なんてしないわよ。その代わり木下さんだって結婚させてやらないから」

「どういう意味さ、それ？」

「結婚ばかりじゃなく、あなたの将来、何もかもぶち壊してやるわ。スズちゃんとのことだけじゃなくて、一生ね」

「冗談だろ、そんなの？」

「冗談じゃないわ、今日は決着をつけるつもりで来たんだもの。それがいやなら私と結婚することね」

「無茶だよ、そんなの」

「無茶でもなんでも、私の気持ちは変わらないから、そのつもりでね」

「そんなのひどいよ」

「ひどいって、どっちが……。みんなが来るわ、いいわね、今晩十時までに返事ちょうだい。これが最後通告よ」

会話が終わると、数人の男女が近づいてくる気配があった。二人の仲間たちがドライブインでジュースか何かを仕込んできたのか、ひとしきり賑《にぎ》やかになって、それから車のドアがバタンバタンといくつか音をたてた。

「そんじゃさ、このあとは目的地のイズミヤまでノンストップだからな」

リーダーらしい男の声と、「ＯＫ」と応じる声が聞こえた。

その時になって浅見は少し頭をもたげて、連中の様子を窺《うかが》った。

若い男女が数人、赤と白、二台の車に分乗して相次いで走り去るところだった。窓越しに何人かの顔を見たが、最前のやや不穏な会話を交わしていたのが、そのうちの誰なのかを見極めることはできなかった。

浅見もシートを起こし、エンジンをかけた。頭はすっきりしていたが、たったいま聞いたばかりの会話のことが、妙に気になった。

2

「三島はこのままではもうだめです」

観光協会のエライさんはそう言って大いに嘆いた。

「何がだめだって、水ですよ水。三島名物の湧き水がまったく涸渇《こかつ》しちまったんですからなあ。知ってるでしょ？　富士の白雪ノーエ、富士の白雪ノーエ、富士のサイサイ、白雪ゃ朝日に溶ける。溶けて流れてノーエ、溶けて流れてノーエ、溶けてサイサイ、流れてェ、三島に注ぐ……っていうの」

突然、えんえんと歌ってみせたのには、浅見も度肝《どぎも》を抜かれた。

「どうして涸渇してしまったのですか？」

「そりゃあんた、工場が沢山できましたからなあ。三島市だけでなく、上流方面の裾野《すその》市、御殿場市といった辺りに工場がドンドンできて地下水をドンドン使う。大量にいい水が安く使えるというのが、昔、工場を誘致した際のキャッチフレーズだったもんで、いまさら文句も言えんのですが、これはあんた、結局は国家百年の計を誤ったということになりますなあ」

話がオーバーだが、三島の観光行政をなんとか改善しなければ——という熱意はありありと読み取れる。三島に限らず、函南《かんなみ》町、韮山《にらやま》町といった中伊豆《なかいず》の北部地域は、伊豆長岡《ながおか》温泉を除くといまいちパッとしないのだそうだ。それらをひっくるめて、新たな飛躍を望みたい——というのが、この地方の中核都市である三島市観光行政の今後の課題なのだそうだ。

「しかし、長岡温泉はいいですぞ」

と観光協会氏は力説した。どうやら氏は伊豆長岡町の出身らしい。

「今晩はぜひ長岡温泉に泊まってください。泊まるなら和泉《いずみ》屋ですな。うん、あそこの岩風呂は絶品ですからねえ」

「イズミヤ、ですか……」

浅見は（あれ？――）と思った。

「そうです、和泉と書きます」

御殿場サービスエリアで小耳に挟んだのも「イズミヤ」であった。もっとも、「和泉屋」だの「いずみ屋」「泉屋」といった名称はざらにありそうだから、どこかほかの旅館かもしれない。とはいえ、浅見はなんとなく心に引っ掛かるものを感じた。

「そうですねえ、行ってみようかなあ……」

日帰りの予定だったが、浅見はもともと温泉が嫌いではない。それに伊豆長岡温泉までは車でほんのひとっ走りの距離だ。ウィークデーだし、この時季なら、温泉客も少ないだろう。

しかし、浅見を長岡温泉へ向かわせたものは、そのことよりも、やはり浅見の持つある種の予知能力のせいかもしれない。あの若い男女の不穏な会話から、浅見は何か得体《えたい》の知れない予感めいたものを感じた。そこへもってきて三島の観光協会氏から「長岡温泉の和泉屋」を薦《すす》められたのは、単なる偶然とは思えなくなってきていた。

「旅館」といっても、近頃は大抵の旅館がホテル形式を取り入れて、巧みに和洋折衷《せっちゅう》になっている。近代的な設備と昔風のサービスというのが、観光地の旅館のスタイルとして定着して久しい。和泉屋も地上四階のビルに温泉情緒をミックスさせた、典型的な観光旅館であった。

駐車場に白い車も赤い車もあったが、それがはたして御殿場サービスエリアで見たのと同じものかどうか、浅見には分からない。建物の中に入ってからも、あの時の連中に出会うかもしれないと、それとなく気を配った。若い男女の客を何人か見掛けたけれど、旅館の浴衣《ゆかた》姿に変身しているためか、あの時の会話の二人と同じグループかどうかは分からなかった。

たまには温泉もいいものである。浅見は着いた早々、檜《ひのき》風呂に浸《つ》かって、檜の香りと少しぬるめの湯をじっくり楽しんだ。檜風呂は文字どおり檜材を使った、正方形の一辺が七、八メートルはある大浴槽だ。

パンフレットによると、和泉屋旅館には岩風呂と檜風呂の二つの自慢の大浴場がある。温泉ブームのこのごろはそれがことのほか人気を呼んでいる。どちらの湯もそれぞれに特色があり、温泉好きの客はひと晩に何回も入るのだそうだ。

「午後十一時からは男湯と女湯が入れ換わりになりますので、岩風呂のほうもぜひお試《ため》しください」

部屋係の女性がお茶を入れながら説明してくれた。

午後十一時を期して男湯と女湯が入れ換わりになるという。これが和泉屋旅館のきまりであった。

「はじめは岩風呂は男湯、檜風呂は女湯と分けていたのですけど、近頃は女性のお客さまのほうが多くなって、岩風呂にもお入りになりたいとおっしゃるので、いっそ両方ともお客さんに堪能《たんのう》していただこうと、そういうサービスが考え出されたのです」

「なるほど、それはいいですねえ。檜風呂は木の香りが清々《すがすが》しく、ごきげんでしたよ。このぶんなら岩風呂のほうも、十分期待が持てそうだなあ」

浅見は無邪気に喜んだが、まさか、そのルールのおかげで、自分が犯罪の容疑者扱いされるなどという災難が降りかかることになるとは思ってもみなかった。

といっても、浅見がそのルールに違反して女風呂を覗《のぞ》き見したとか、そういうことは断じてない。その晩、浅見が岩風呂に行ったのは、たしかに午後十一時を少なくとも五、六分は過ぎていた。食事をして、そのあとしばらくは原稿書きで過ごした。午後十一時からはもう一つの岩風呂を試すことができるというので、心待ちにしていたのだ。

3

浅見の部屋は四階にあり、一階ロビーまでエレベーターで降りて「大浴場」と矢印のある方向へ行く。ロビーから広い通路を十メートルばかり行くとT字型の廊下に突き当たる。そこを右へ行けば檜風呂、左へ行けば岩風呂である。

その檜風呂のほうへ行く廊下の奥から、旅館の浴衣を着た若い男が、床に立てる看板を抱えてやってきた。浅見と出くわすと、軽薄そうに頭を掻《か》いた。

「こちらが男風呂ですよ」

笑いながら言って、抱えた看板を浅見の目には見えないように、壁側に向くように廊下に下ろした。

（あれ？——）

勘違いかな？——と、一瞬、浅見は思った。看板の文字が見えないので、壁に顔を寄せるようにして文字を読んだ。

看板にはちゃんと、「こちらの檜風呂は午後十一時より女性専用になります」と書いてある。

「えっ？　こっちが女性専用になるのでしょう？」

浅見は詰《なじ》るように言った。

「ははは、じつはそうなんです、冗談ですよ、冗談」

若い客はしまりのない笑い方をして、看板を正面に向け直すと、照れ臭そうにロビーの方角へ逃げて行った。おそらく男湯と女湯の看板を入れ換えておこうという計画だったにちがいない。

程度の低い冗談だ——と浅見は腹が立った。そんなことをやって、浴場の中で男と女が鉢合せをするのを面白がるのか、それとも自分たちが（誤って）女風呂に入るための口実にするつもりなのか、どっちにしてもタチがよくない。

浅見はそういう酔客や酔ったふりをして悪ふざけをする連中が嫌いだ。だいたい日本の法律は酔っぱらいに甘くできている。酔った上での犯行に対しては「心神耗弱《こうじゃく》」という理由で情状が酌量《しゃくりょう》される。多くの場合は罪にならないか、せいぜい「未必の故意」という程度の一種の過失罪が適用される。したがって、もしあなたが誰かを殺したいと思ったら、あらかじめ前後不覚にならない程度の酒を飲み、凶行におよんだ後、今度は徹底的に泥酔するまで酒を飲んで、被害者の死体の傍《そば》にぶっ倒れてしまうことをお薦めする。

それはともかく、酔った上でのことは大抵は許されると知っているから、それを目的に酒を飲み、酔ったフリをするヤカラも少なくない道理だ。温泉なんかに行けば、大抵、一人や二人はそういう手合いに出くわす。温泉そのものは好きだけれど、そういうのを煩《わずら》わしいと感じるから、浅見は滅《めっ》多《た》に温泉には行かない。

岩風呂の入口にはちゃんと、「午後十一時から男性専用になります」という立て看板があった。それを確かめてから、浅見はドアを開けた。

先客が一人あった。脱衣ケースに旅館の浴衣と丹前《たんぜん》が無造作に畳んで入れてある。

浅見は何の疑いもなく浴衣を脱ぎ、旅館でくれた、あまり上等でないタオルを腰に巻くようにして風呂場に入って行った。

気温が低くなっているせいか、湯気がモウモウと立って、視界がすこぶる悪い。檜風呂と違ってこっちのほうは大分薄暗い感じだ。出来るだけ「岩風呂」のイメージを強調する目的で、複雑な凹凸でレイアウトされているために、ただでさえ見通しがきかない。

湯量はこちらもたっぷりあって、絶えず湯船から湯が溢《あふ》れていた。岩風呂の正面奥には湯の滝がある。天井近くまでそそり立った岩の中から、湯煙りを上げながら豊富な湯が流れ落ちている。さながら露天風呂を思わせて、なかなかいい雰囲気であった。

浅見は手桶《ておけ》で数杯の湯を浴びてから、岩を跨《また》いで湯船に足を入れた。岩は一見ゴツゴツしているようで、実際には表面は滑《なめ》らかで、擦《す》り傷を負うようなことはない。こっちの湯も檜風呂と同じに、浅見の好きなぬるめの湯加減であった。

先客は湯船の反対側、滝の流れ落ちる手前辺りで、のんびり仰向《あおむ》けになっている。顔だけを湯面から出して、じっと動かない。ことによると眠っているのかもしれない。浅見もそのポーズを真似《まね》て湯船の縁に頭を載せると、のんびり目を閉じた。

湯船から溢れる湯がタイルの床を流れる、あるかなしかの音を聞きながら、じっとそうしていると、穏やかな気配が体中に染み込んでくるようだ。

先客はいぜんとして動かない。水音を立てるどころか、寝息さえも聞こえてこない。なんとも静かな客だ。

さっきまで騒いでいたカラオケの連中も寝静まったのか、深夜の温泉旅館は急に静寂に包まれた。湯の中で手足を動かす、その波紋が広がる音や、深く吸った息を吐く音にさえ気がひけるほどに静かだ。

息の音――。

浅見はふと先客の息の音がしないのが気になった。

息が聞こえない――のではなくて、息をしていない――のではないかと思った。

そういえば、いくら静かな性格だとしても、ちょっと静かさの度が過ぎる。

(まさか死んでいるのでは?――)

ばかげた想像だと思いながら、湯気を透かすようにして先客の様子を窺《うかが》った。

先客はまったく動かない。

「いい湯ですねえ」

浅見は声をかけた。ふだんは、こういう場所で見も知らぬ他人に声をかけることなど、まったくしない主義だが、そんなことを言っていられない気持ちになっていた。

先客は返事をしない。それどころか、何の反応も示さない。

浅見のいやな予感は、たちまち確信へと昇格した。

ソロソロと立って、湯を掻き分けてゆっくりと先客に近づいた。

(あっ――)と思った。先客の胸が形よく膨《ふく》らんでいるのが見えた。湯の中に沈んでいたので見えなかったけれど、髪も長い。ついでに湯の底のほうにある、あやしげな黒い翳《かげ》りまでもが見えていた。なにしろ、彼女は両手両足を左右にしどけなく投げ出した恰好《かっこう》だし、隠すべきところを隠すタオルはその近くにも見当たらないのだから、いやでもそれは視野に入る。

「失礼……」

浅見は慌ててUターンしかけ、思い直して立ち止まった。といっても女体に関心を惹《ひ》かれたためではない。その女体がまったく反応を示さないことに関心を抱いたのである。

「もしもし……」

浅見はなるべく女体を見ないようにしながら、恐る恐る声をかけた。

「大丈夫ですか？　気分が悪いのではありませんか？」

女性は動かない。目を開くこともしない。

浅見はタオルを前に当てると、ザブザブと湯を蹴散《けち》らかして近寄った。その波を受けて、女性の体がグラリと傾いた。その拍子に白目が天井から浅見の方向に向けられた。

（死んでる？——）

浅見はドキリとした。気を失っているものとは明らかに違うように見えた。もはや躊躇《ためら》っている場合ではない。浅見は湯の中に浮かんでいる女の腕を取って脈を確かめた。女体は浅見に引き寄せられて、湯面を漂《ただよ》った。

「死んでる……」

今度は自分を納得させるように、浅見は声に出した。

ガヤガヤと人の声が聞こえて、脱衣室のドアが開いた。三人の男性客が入ってきた。中の一人は最前のいたずら男である。

「あれ……」

うまくやってる——と言わんばかりに覗き込みかけて、ギクリとした表情になった。浅見と女体とが奇妙な恰好で対峙《たいじ》している光景は、彼等の目には異様な迫力を伴《ともな》って映ったにちがいない。

先頭の一人が湯船に片足を突っ込んだところで、三人は動きを停め、こちらの様子を不安そうに窺っている。

「あの、誰か、旅館の人を呼んできてくれませんか。それと警察を」

浅見は言った。

三人は顔を見合わせた。

「どうかしたんですか？」

中の一人が訊《き》いた。

「このひと、死んでいるのです」

「死んでる？……」

ギョッとなったとたん、一人の男の腰を巻いていたタオルがハラリと落ちて、この場の緊迫した雰囲気には相応《ふさわ》しくない、ユーモラスな景観が露呈された。

「とにかく誰かを呼んできてください。それから残りのお二人さんは手を貸して」

浅見はテキパキと指図した。

裸の男三人が裸の女性を抱きかかえている図は、文字どおりこの世のものとは思えなかった。

タイル貼《ば》りの床に女性を寝かせて、浅見は乳房に耳を押しつけた。

「やはり死んでますね」

二人の男を見上げて宣告した。さっきのいたずら男は、せっかく裸の女性を間近に見るチャンスができたというのに、ガタガタと震えているばかりだ。

4

女体は湯船から引き上げたものの、あとの捜査のことを考慮して、それ以上動かすことは差し控えた。ただし、さすがに見かねて、浅見は自分のタオルで彼女の腰の上を覆《おお》ってやるだけの配慮をした。

あらためて女性の様子を調べると、女の首の周りにはっきりと索条痕《さくじょうこん》がある。

(他殺か――)

浅見はギョッとした。

とりあえず、自分以外の男二人を浴場の外に追い出した。それから濡《ぬ》れた体のまま浴衣を着て、浴室の窓を確かめにかかった。窓は左右の壁にごう六個所あるが、いずれも中側から鍵をかけてあった。

その時になってようやく、旅館の番頭がとんできた。

「どうしたんです?」

番頭は浅見を見ると、上擦《うわず》った声で怒鳴った。四十代なかばの、瘦《や》せた男で、度胸はないらしい。

「女の人が死んでいるって、いったい何があったのです?」

震え声だが、難詰《なんきつ》するような口調だ。黙っていると、浅見が殺人の犯人にされかねない。

浅見は簡単に状況を説明してから言った。

「警察は呼んでくれましたか?」

「呼びました。呼びましたが、しかし、警察ではなく、救急車のほうが先です」

番頭なりに気を働かせたにちがいない。それに対して、浅見は冷たく聞こえるような口調で言った。

「いや、救急車は必要ありませんよ。もう亡くなっているのだから」

「そんな……」

殺生《せっしょう》な――と言いたそうに、番頭は眉《まゆ》を顰《しか》めた。

しかし、浅見の言ったとおり、救急車は来ることは来たものの、手をつけかねて警察の到着を待つことになった。

「頸部《けいぶ》に索条痕がありますから、ひょっとすると、殺されたのかもしれませんよ」

浅見の思ったとおり、番頭が気絶してしまいそうなことを言っている。

まもなく警察がやってきた。ただちに大浴場は立ち入りが禁止され、通路にはロープを張り、立ち番の警察官を配置した。

鑑識係が作業を進めるかたわら、刑事たちによる事情聴取が始まった。

浅見は第一発見者として、もろに事情聴取の中心人物に据えられることになった。

「大仁署《おおひと》の真島《まじま》です」

刑事は自己紹介をして訊問《じんもん》を始めた。若い刑事が「部長」と呼んでいるところをみると、部長刑事らしい。言葉つきはまあまあ穏やかなほうだが、人相がよろしくない。浅見は天城《あまぎ》山中のイノシシを思い浮かべた。

「あんた、女がひとりで入っている風呂に入ったのですね？」

浅見の氏名・住所・職業などを型通りに訊いてから、真島部長刑事はいくらかやっかみも籠《こ》められているのではないかと思える目付きでそう言った。

「まあ、そういうことになります」

浅見は神妙に答えた。

「それはいささか不謹慎ですなあ」

「しかし、午後十一時からは、この風呂は男性専用になるのですから」

「たとえそうだとしてもですよ、女性が出るのを待ってから入るべきでしょう」

「そんなこと言われても困りますよ。女性が入っているなんて、僕には分からなかったのですから」

「それにしたって、見れば分かるでしょう。すぐ目と鼻の先に女性がいたのだから」

「いや、それがですね、湯気で奥のほうはよく見えなかったのですよ。それに、彼女は湯の中に仰向けになっていて、女性であることなど、近くへ寄って見るまで、まったく分からなかったのです」

「なるほど、それで近寄ってみたら女性だったのでムラムラッと……」

「よしてくださいよ、その時はすでに死んでいたのですから」

「ほんとに死んでいたんですか？　あんたが殺《や》ったんじゃないでしょうな」

刑事は彼等の職業に共通したいやな目付きで、ジロリと浅見を見た。

「ははは、まさか……」

浅見は笑いとばしたが、そういう疑いの目を向けられるであろうことは予想していた。犯罪捜査の要諦《ようてい》は、まず第一発見者を疑うことから始まるのだ。その疑いを晴らす作業はそう容易ではなさそうな状況であった。

「冗談で言っているのではありませんよ」

真島は真面目《まじめ》くさった顔である。

「女性客が一人っきりでいるので、ついムラムラとなった——などというケースは十分、考えられますからね」

（勝手にしてくれ——）と浅見はあまり弁明する気にもなれなかった。

「ところで、頸部に索条痕があったようですが？」

逆に浅見は訊いた。

「ああ、そのようですな」

「どういった物で絞めたのでしょう？」

「ん？……」

真島は素人が余計なことを——と言いたそうな顔をした。

「縄状の痕跡があったようですよ」

「すると、凶器は縄ですか？」

「いや、そうとは限らない。タオルか手拭《てぬぐい》を捩《ねじ》れば縄状になりますからな」

「その凶器は発見されてないのですね？」

「凶器とは断定していないが、それらしい物は発見しましたよ。被害者の腰の上に載せてあったもんでね」

「えっ？　ああ、あれなら違いますよ。あのタオルは僕のものですから」

「なに？……」

刑事は目を剝《む》いた。

「あれはあんたのものですか？」

「ええ、ちょっと可哀相《かわいそう》な気がしたもんですから、掛けてあげたんです」

「嘘《うそ》でしょう」

「嘘？　どうしてですか？」

「それじゃ訊くが、あんた、被害者のタオルはどうしました？」

「被害者のタオル？　いやどうもしませんよ。最初から彼女はタオルを持っていなかったのです」

「そんなばかな」

刑事はせせら笑った。

「女が……、いや男にしたってそうだが、タオルを持たないで風呂に入るはずがないじゃないですか」

「その点は僕もおかしいとは思いました。しかし、あの時、僕は湯船の中を子細に見ましたが、タオルも手拭も発見できませんでしたよ。湯がきれいにすきとおっていますからね、湯船の中は底までよく見えるのです。そうですか、だとすると、凶器は彼女自身のタオルか手拭で、犯人が持ち去ったということになりますか」

「さあ、それはどうですかな。あのタオルがあんたのものであるという証拠は何もないのだし、かりにそうだとしても、あのタオルが凶器でなかったと断定する根拠もないのですからな。とにかく、あのタオルは重要な証拠物件として保管することになりますよ」

「そんな……」

浅見は絶句した。あのタオルが凶器と認定されたら、まるで浅見が犯人であることを自供したも同然ということになりかねない。

5

「ところで」

と真島部長刑事は浅見の動揺を見て勢いづいた。

「あんたは一人でここへ来たのですか？」

「そうです」

「ふーん、一人で温泉旅行ですか」

「いけませんか?」

「いや、いけないことはないが、結構なご趣味だと思いましてね。さっき訊いたところによると、あんたは著述業だそうだが、いったいどういったものを書いているんです?」

「雑誌にいろいろ書いています。フリーのルポライターといったところです」

「ふーん、いま流行の横文字の職業ってわけですか、かっこいいですなあ」

かっこいいのが気に入らないような口調だった。

「あんたがあの浴場へ行ったのは十一時五、六分過ぎだったのですな?」

「ええ、まあそうです。十一時になるのを確認してから部屋を出ましたから。しかし、実際にはもっと遅かったかもしれません。部屋からエレベーターでロビーに降りて浴場まで行くのにどれくらいかかるか実験したわけではありませんからね。それに、そうだ、あの廊下の突き当たりのところで、ちょっとしたハプニングがあったりしたし」

「何ですか? そのハプニングというのは」

「つまらない悪戯《いたずら》をする客がいたのです」

浅見は看板を入れ換えようとしていた客のことを話した。

「なるほど、そういう男がいたのですか。その人物は顔を見れば分かりますか?」

「もちろん分かりますよ。それに、その人は僕が死体を発見した直後に、岩風呂に仲間二人と一緒にやってきたのですから」

「そうですか、それじゃその人もここに来てもらいましょうか」

部下の刑事に指示して、先刻の三人連れの中の該当者を呼びにやった。

例の悪戯者はすぐにやってきた。仲間二人と一緒に投宿した東京の会社員で、佐山宏夫《さやまひろお》という。いかつい顔の真島の前に立つと、佐山はすっかり脅えながら、浅見の言ったとおりのことを肯定した。

「すみません、悪気があってやったんじゃないんです」

しきりに謝っている。あんな悪戯をしておいて、悪気がなかったもないものだが、まあそのことはともかく、この男が浅見の潔白を証明する唯一の証人になるかもしれない重要人物だ。

「あんた、この人と会ったのは何時頃か憶《おぼ》えてますか」

真島は訊いた。

「ええ、この人と会ったのは十一時を少し過ぎた時刻ですよ」

佐山は浅見を指差して、言った。

「ほう、ずいぶんはっきり憶えてますなあ」

「だって、男湯と女湯が入れ換わるのが、十一時で、それより少しあとでしたから」

「あんたが、あそこの場所にいったのは何時何分頃ですか?」

「たしか、十時二十分頃からだったと思います」

「そんなに早くからいたの?」

「ええ、いや、あそこにずっといたわけじゃなく、ロビーから大浴場へ行く通路の辺りをブラブラしたり、ベンチに坐《すわ》って煙草をのんだりしていたんです。つまりその、時間をつぶしていたというわけで……」

「時間をつぶして、どうしようっていうんです?」

佐山はバツが悪そうに頭を掻いて言った。

「女湯の客がいなくなったら、看板を入れ換えておこうと思って、チャンスを窺っていたんですよね。それで、最後に風呂に入った女性グループ三人が出ていったもんで、もう誰もいないと思って時間が十一時を過ぎるのを待って、まず檜風呂のほうにあった看板を岩風呂のほうへ持っていこうとした時に、この人とバッタリ会ったのです」

「最後の女客と言うが、まだ一人、残っていたじゃないですか」

真島は指摘した。

「そうだったんですねえ、僕はてっきりみんな出てしまったとばかり思ったんです。だって、たしか女性グループが入ったあとは、岩風呂へ行く通路は一人も通らなかったし、それで、その人たちが出て行ってから十五分くらいは経ったのだから、もう誰もいないと思ったんですよ」

ところが実際には女性グループは四人で、そのうち、一人だけがまだ浴場に残っていたのだ。つまり佐山は女性グループの人数をはっきりと確認していなかったというわけだ。

「佐山さんは十時二十分頃から、僕と会った十一時数分過ぎまで、ずっとあの場所にいたのですね？」

浅見が脇《わき》から訊いた。

「あの場所と言っても、あっちへ行ったりこっちへ行ったりしてましたけどね」

「いや、つまり、あの廊下がT字路となっている場所を見通せる場所にいたか——という意味ですよ」

「ああ、それならそういうことになります」

「その間、いま言った女性客以外には、誰も通らなかったのですね？」

「ええ、あなた以外には誰も通っていませんよ」

「だとすると、刑事さん、あの大浴場は密室状態にあったということになりますね。あのあと、僕は浴場の窓という窓を調べてみたのですが、どれにも鍵がかかっていましたからね」

「そんなこと、あんたに言われなくたって分かっていますよ」

刑事は渋い表情になった。

「佐山さん」

と浅見は訊いた。

「女性客たちが出ていったのは十一時よりかなり前だったのですね？」

「そうですよ」

「何分ぐらい前ですか？」

「ですからね、十五分か……いや、もっと前ですよ、たぶん」

「じゃあ十時四十分として、それから僕が入った十一時五、六分過ぎまでの間に、彼女は殺されたというわけですか。そうですね、刑事さん？」

「あんたねえ」

刑事はうんざりしたように言った。

「取り調べているのはこっちなんだから、あんたは訊いたことに答えてくれればいいんですよ」

「しかしですよ、いま言ったとおりだとすると、かなり事件の状況が限定されるのではないでしょうか？」

「そりゃそうですな、あんたや佐山さんの言ったことが事実だとすると、犯人は五人の中から探せばいいということになる。つまり浅見さん、あんたと佐山さんと、被害者の連れの三人の女性というわけです」

真島は小気味よさそうに、浅見と佐山の顔を見《み》較《くら》べた。

「それにです、浅見さん、あんたは風呂に入る前と言ったが、必ずしもそうとは限らないでしょうが」

「というと、どういう意味ですか？」

「つまりですな、厳密に言うと、あとから来た三人組があんたと死体があそこにいるのを見るまでは殺しのチャンスがあったということですよ」

真島はどうしても浅見を容疑者に仕立てないと気がすまないらしい。

6

浅見と佐山に対する事情聴取は一階の客室を借りて行なわれたのだが、それとは別に、数人の刑事たちがそれぞれ関係者に対して事情聴取をすすめている。しかし「容疑者」ということになると、現場が「密室」状態にあった以上、真島がなかば冗談めかして言ったように、浅見と佐山と三人の女性の中にいる可能性が高い。

「冗談じゃないですよォ」

泰然としている浅見と違い、佐山は泣きべそをかいた。

「いや、冗談で言ってるのではないですよ。それどころか、ああいう悪戯をしていたことといい、あんたがもっとも怪しい人物と言っても過言ではないのだから」

真島は冷酷に宣言した。

「そんな……、ぜったいに僕じゃないですよ。第一、なんだって僕があの人を殺さなきゃならないのです？」

「そんなことはこっちで訊きたいですな。まあ被害者はなかなか魅力的な女性だから、そういう気になったとしても無理はありませんがね」

「そういう気って、そんな、僕は彼女の裸どころか、顔だって見ていないんだから」

「そんなことはないでしょう、廊下を通るのを見ていたんでしょうが」

「いや、見てませんよ」

「まあまあ、夜は長いのですからして、ゆっくり事情聴取をさせてもらいましょうか。何なら明日は署のほうへ来てもらってもいいですよ」

「だめですよ、明日は帰らなきゃいけないんだから」

「さあ、帰れるかどうかは調べの結果によりますな。ともかくあんたの場合、軽犯罪法に触れることをしているのですからな、立派に勾留《こうりゅう》すべき名目はあるのです」

「嘘ですよそんなの。ね、嘘でしょう？　やだなあ、脅かさないでくださいよ。僕じゃないですよ、犯人はきっとこの人ですよ」

佐山は引きつった目で浅見を見た。

浅見は苦笑するしかなかった。

「もちろん、この人にもいろいろお訊きしますがね、とにかくあんたも重要参考人であることを弁《わきま》えていてくださいや」

真島は、脅えて興奮状態に陥《おちい》った佐山を、多少もてあましぎみに自室に帰した。

浅見のほうもようやく真島の執拗《しつよう》な訊問《じんもん》から解放された。

「まだ訊きたいことが出るかもしれませんからな、今夜はどこへも行かないようにしてもらいますよ」

そんなこと言われるまでもない。時刻はすでに午前一時を過ぎていた。こんな時間にどこに行けと言うのだろう。

浅見は痺《しび》れた足を伸ばしてさすりながら訊いた。

「ところで、亡くなった女の人はどういう人だったんですか?」

「ん?……」

真島はまた余計なことを——と言いたそうな顔になったが、しぶしぶ答えた。

「東京のOLですよ」

「四人連れの女性客だったそうですね?」

「ああ、いや、ほかに男が三人一緒のグループだそうです」

「ほう……」

浅見は足の痺れを忘れて、真島の顔を見つめた。

「その中に、ひょっとして木下という男性はいませんか? それと『鈴木《すずき》』かあるいは『鈴子《すずこ》』『鈴江《すずえ》』といった名前の女性は?」

「ん?……」

真島はギョロリと目を剝いた。

「あんた、どうしてそんなことを知っているんです?」

「え? じゃあ、そういう人がいるのですね?」

「知り合いですか?」

「そうか、やっぱりそうだったか……」

「知り合いかどうか訊いているのです」

真島は焦《じ》れて、イノシシが咆哮《ほうこう》するような声を出した。

「ああ、これは失礼。知り合いというわけじゃないのですが、そのグループなら、ちょっと知っているのです」

浅見は「じつは」と、御殿場サービスエリアでの出来事を話して聞かせた。

「もしその連中だとしたら、赤と白の二台の車に分乗してきた筈《はず》ですから、確認してみてください」

　真島が部下に確かめにやらせると、そのとおりだった。

「あんたの言うことが間違いないとすると、その木下という男に殺しの動機があることになるが……」

　真島はにわかに緊張した顔になった。

「僕が聞いた『スズちゃん』というのは何ていう名ですか？　それに、殺されたのは何ていう人ですか？」

　浅見は逆に真島に訊いたが、今度は真島もあまりいやな顔をしないで答えた。

　真島の説明によると、死んでいたのは小柴《こしば》美砂《みさ》子《こ》というOLで、東京から来た男三人、女四人のグループ客の一人であった。

「小柴美砂子の仲間は、いずれも大学時代の同窓生ばかりでしてね、そのメンバーはこの表のとおりだが」

　真島の示した表には次のような名前が並んでいた。

片山《かたやま》鈴子　24歳　無職
望月《もちづき》香苗《かなえ》　23歳　家事手伝い
水野《みずの》友美《ともみ》　23歳　会社員
木下　喬《たかし》　24歳　会社員
結城《ゆうき》純雄《すみお》　24歳　大学院生
佐藤《さとう》敬三《けいぞう》　23歳　アルバイト

「あんたの聞いた『スズちゃん』というのは、この片山鈴子のことでしょうな」

　その表にはこのグループ以外の客たちの氏名も

書き出されてある。もちろん浅見光彦の名前もあった。

この夜、旅館に泊まっていた二十一名の内訳は、浅見のほかにはこのグループと、新婚風の男女と、佐山たち男ばかり三人のグループ、そしてもうひと組、埼玉県の農協の年寄りのグループが八人いるだけだ。

浅見はすばやくそういった客の顔触れを頭にたたきこんだ。

「たぶん間違いないと思います。念のため、この中の誰かに、御殿場サービスエリアに立ち寄ったかどうか確認してごらんになったらいいでしょう」

「むろんそうしますがね……」

真島はしかし、なおもなにがしかの疑いを籠めて浅見を一瞥《いちべつ》した。

「といっても、あんたが丸々シロになったというわけではないのですぞ。身元の確認もさせてもらっておりますからな、そのつもりでいてくださいよ」

「えっ？　身元をですか？……　それ、困るんですけどねえ……」

「ほう、身元を確認されると、具合の悪いことでもあるんですかい？」

真島は興味深そうに言った。

「いえ、そういうわけではないんですが、家の者にはあまりこういうこと、知られたくないものですから……」

「なるほど、しかしそれは残念ですなあ。すでに警視庁のほうに身元の確認を依頼していますから、手遅れですね。この種事犯《じはん》の前科があるのかないのか、犯行の動機があるのかないのか、そういったこともおいおい分かってくるはずです」

　真島は浅見の困惑を楽しむように、ニヤニヤ笑いながら言った。

「それとも、あんたの口から事情を聞かせてもらえれば手っ取り早いのだが」

「事情というと？」

「つまり、犯行動機とかですな」

（やれやれ――）と浅見は観念した。こうまで思い込まれたとなると、すんなり帰してもらえそうにない。それどころか、東京の自宅に連絡されて、浅見にとって望ましくない方向に事が進むおそれがあった。

「分かりました。それではお話ししてしまいますが、僕は浅見陽一郎の弟なのです」

「ん？……、何ですかい？　そりゃ？」

「浅見陽一郎……、ご存じありませんか？」

「あんたの兄さん、なんでしょうが？」

「いえ、そうじゃなくてですね、その名前をご存じないかと……」

「浅見陽一郎、さん、ですか？　いや、知りませんよ、そんなの」

「困ったなあ、国会の委員会なんかで、ときどき答弁をしたりしているんですけど」

「国会？……、じゃあ、代議士さん？」

「そうじゃなくて、吊《つ》るし上げられる側の、つまり警察庁の幹部です。兄は警察庁刑事局長をやっているのですよ」

「えっ？　刑事局長さん？……」

「そうなんです。だから、兄にこういうことが知られると、弟としてははなはだ具合が悪いのです。いや、兄よりもむしろ母親がですね、とてもうるさくて……」

浅見は雪江未亡人の顔を思い浮かべて、頸《くび》をすくめた。

7

浅見光彦のひと言は青天の霹靂《へきれき》——とまではいかないまでも、水戸黄門《みとこうもん》の印籠《いんろう》ほどの威力を発揮した。大仁署の署長がとんできたことだけを見ても、日本の官僚機構における上下関係がいかに絶対的なものであるかを物語っている。

「そうでしたか、あなたがあの有名な名探偵の浅見さんでしたか」

署長はそのことも知っていた。もっとも、一年ほど前、浅見は伊豆天城峠でおきた殺人事件の際に、下田《しもだ》署や静岡県警の連中と張り合ったことがあるのだから、その天城峠への登り口みたいなところにある大仁署の人間なら、知っていても不思議ではない。真島部長刑事も「そう言われてみれば……」と、ようやく思い出した。

「その浅見名探偵が本事件に関与していたとは、偶然とはいえはなはだ好都合なことでありますなあ。ぜひとも事件解決のためにお力をお貸し願いたいものです。なあ真島君、そうしていただこうじゃないか」

署長はたぶんに刑事局長どのへのお追従《ついしょう》を籠めて、言った。

「はあ、それはもう、そう願えれば……」

頷いたものの、真島部長刑事は浮かない顔だ。現場の捜査員にしてみれば、相手がいかに「名探偵」と言われていようと、たかが素人探偵ごとき——という気概がある。

「いえ、僕など、何のお役にも立ちませんから」

浅見は真島の心中を察して謙遜《けんそん》した。こういう謙遜はすればするほどいやみたらしくなる。だから浅見は兄の名前は出したくないのだ。

「まあそうおっしゃらずに、頼みますよ。なんなら刑事局長さんのほうには、本官のほうからお願い申し上げますが」

「いや、それは困ります」

浅見は慌てた。

「そんなことをされちゃ、僕は家を追い出されかねません。何しろ居候《いそうろう》の身分なものですから」

「ははは……」

署長は根っから陽気な性質らしい。浅見の飾りけのない慌てぶりを見て、腹をゆすって笑った。それにつられるように、真島もようやく笑顔を見せた。

「自分のほうからもお願いしますよ。今回の事件に関しては、さいわい浅見さんはいろいろ事情に詳しいのだし、ぜひ捜査に協力してください」

本音はともかく、真島も署長に合わせるように、そう言った。

「分かりました。では微力ながらお手伝いをさせていただきます」

本心を言えば、浅見は腕がウズウズしていたところだから、喜んで頭を下げた。

ところが、被害者・小柴美砂子の六人の仲間に対する事情聴取を行っていた刑事の報告によると、美砂子と一緒に岩風呂に入った女性三人は、大浴場を出る時、たしかに美砂子は元気だったと言っている。

「美砂子も一緒に出かかったんですけど、脱衣室で体を拭いている時に、ちょっと寒くなったから、もういちど湯に浸かってくるって言って、一人だけ浴室に戻ったんです。先に部屋に行っていてくれって言うから、置いて来ちゃったんですけど、あんなことになるのなら待っていてあげればよかった……」

三人は泣きじゃくりながら、交互に刑事の質問に答えたという。

「どうします？　これからもういちどその人たちを呼びますか？」

真島は勢い込んで言った。

「いや、もう遅いですから、明日の朝にしましょう。それより、鑑識の方に実況検分の結果を詳しくお聞きしたいのですが」

鑑識係の片倉《かたくら》という警部補がやってきて、これまで分かった状況について説明してくれた。

それによると、浴場内の窓は浅見が言ったとおり、内側から施錠されていて、外部からの侵入は無理だという。ただ一個所、従業員用の小さなドアが正面の壁の隅にあるのだが、それには逆に外側から鍵がかかっていて、その鍵はフロントに保管されてあり、持ち出された形跡はないそうだ。

「じつは、現場の指紋を採取していたところ、妙なことがありましてね」

片倉警部補は下唇を突き出すようにして、いくぶんもったいぶった口調で言った。

「窓の錠という錠から、ごく新しい同じ指紋が検出されたのです。最初は従業員のものかと思ったのですが、調べてみると、これがなんと、被害者の指紋と一致したのです」

「ほう、被害者が鍵をかけて回ったというわけですか。それは面白い……、いや、興味深い発見ですねえ」

浅見は両手を擦り合わせた。興に乗るとつい不謹慎な言葉が出てしまうのが、素人探偵の悪いところだ。

「まあ、たぶん、何者かが覗きにきたのか、あるいは覗かれるおそれを感じたかして、窓に錠をかけたのでしょうが、一緒にいた三人はそのことを知らないと言うのです。つまり、被害者は三人が出たあとにそういうことをやったわけでして」

「なるほど、なるほど……」

浅見はいよいよ身を乗り出した。

「それから、被害者のものと思われるタオルが、庭の中に落ちていました」

「えっ？　タオルがあったのですか？」

今度は真島が叫んだ。

「ああ、あったんだよ。庭の真中、そう、大浴場の西側の窓から投げられたと考えられる状態で見つかったのだ」

「ふーん……、どういうことですかねえ？　いったい誰が何のためにタオルを投げたのだろう？」

「まあ、痴漢《ちかん》がいたので、被害者がそいつめがけてタオルを投げつけたということもあり得るかもしれないが、しかしそれはちょっと不自然だなあ」

「そうですねえ、どうせ投げるなら桶《おけ》か何かを投げそうなものです」

二人の警察官は腕組みをして考え込んだ。その時、司法解剖の結果が報告された。小柴美砂子の死因はやはり絞殺による窒息死であった。ほとんど縊《い》死《し》に近いような、強い衝撃を受けて頸骨《けいこつ》がずれていたそうだから、よほど力の強い人物による犯行かもしれないと言っている。

「そうすると、犯人は男ですな」

真島はチラッと浅見に視線を走らせた。名探偵といえども犯人である可能性がまったく消えたわけではない――という顔だ。

遺体のある沼津市内の病院には、悲報を聞いて東京から被害者の家族が駆けつけたそうだ。両親と兄で、警察の事情聴取に対しては、当然ながら、三人とも思いもよらない出来事だと言っている。

小柴美砂子は子供の頃から気の強い娘で、学業成績もよかったという。渋谷《しぶや》にある名門大学を出て、父親の経営する薬品関係の小規模な工場に事務員として勤務していた。

比較的、自由のきく身分だったから、こうしてウィークデーでも休みが取れる。

両親は美砂子のことを古風で真面目な娘だと信じていたらしいが、浅見が御殿場サービスエリアで耳にした会話から想像すると、どうやら美砂子にうまく誑《たぶら》かされていたと言えそうだ。

8

翌朝、午前七時に浅見の部屋で小柴美砂子の仲間六人に対する事情聴取が再開された。午前七時という早い時間にしたのは、彼等がその日のうちに東京に戻らなければならない事情を考慮したためだ。

最初に「スズちゃん」こと片山鈴子が呼ばれた。名前どおり、鈴を張ったような大きな目をした娘だった。その目の下が少し腫《は》れているのは、昨夜、よほどひどく泣いたためなのだろう。

畳の部屋の真中に座卓を挟んで、床の間を背に浅見が、その右隣に真島部長刑事が坐って、鈴子と向かいあった。

「片山さんは美砂子さんと親友だったそうです

ね」

浅見は静かな口調で切り出した。

「ええ、仲良しでした」

そのひと言を言っただけで、また鈴子の目には涙が浮かんだ。浅見は慌てて自分のハンカチを鈴子に渡した。浅見はこういうのはどうも苦手で、こっちまで貰《もら》い泣きしそうになる体質なのだ。

「ところで、片山さんは木下さんとご結婚なさるそうですね?」

「ええ……、でも、どうしてそんなことご存じなんですか? まだ誰にも言ってないはずですけど?」

「いや、警察は何でも調べちゃうのが商売ですから。しかし、誰にも言ってないというのは本当ですか?」

「ええ、木下さんと約束しているんです。木下さんからお聞きになったんですか?」

「いや、違いますよ」

よっぽど真相を言ってやろうかと思ったが、この何も知らない女性を悲しませることもないだろう――と思い直した。

「美砂子さんを恨んでいる人について、心当たりはありませんか?」

「いいえ、ありません。美砂子さんが恨まれるなんて、そんなこと、あるはずがありませんよ」

「美砂子さんに恋人とかボーイフレンドとかは?」

「もちろんいたと思いますよ。ときどきチラッとそれらしいこと言ってましたから。でも、私はその方、存じません」

鈴子は口のきき方からいって、かなり育ちのいい娘らしいと浅見は感じた。そのことは、つぎに呼ばれた水野友美が証明した。

友美は男っぽい性質らしい。昨夜のショックから も、すでに立ち直っている様子だ。

「鈴子さんの家は財閥ですよ。なんたって、お父さんがM商事の重役さんですもの」

M商事といえば旧財閥系の大会社だ。

「なるほど、それじゃ縁談なんかもそれこそ星の数ほどあるのでしょうねえ」

「でしょうね。でも彼女、けっこうわがままだから、いくら家で勧められても、自分の気に入る男性でなきゃOKしないんじゃないかしら」

「そうすると、今度の旅行仲間の男性三人の中に、その気に入った人物がいるのかもしれませんね」

「たぶんそうだと思います」

「誰だか、見当はつきませんか?」

「だいたい想像できますけど……」

「木下さんじゃありませんか?」

「えっ? ええ、たぶん……、でもどうして分かるんですか?」

「勘ですかね。それはともかく、木下さんという人はどういう人ですか?」

「どういうって、頭のいい人ですよ」

「仕事はたしか会社員でしたね。どこに勤めているのですか?」

「M商事です」

「M商事?」

「ええ、鈴子さんのヒキで入ったんだと思います。もっとも、彼なら優秀だから、そういうコネがなくても入れたと思いますけど」

「なるほど」

木下が美砂子を振って鈴子と結婚する理由も納得できた。

「その木下さんですがね」

と浅見は言った。

「恋人かガールフレンドがいたこと、あなたは知りませんか?」

「それは……」

言いかけて、友美は口を閉ざした。滅多なことは言うべきでないと思ったようだ。

「言いにくいのなら、僕が言いましょう。亡くなった美砂子さんがそうだったのじゃありませんか?」

「え? ええ……、よく知りませんけど」

「じつは、僕は昨日の昼過ぎに、御殿場のサービスエリアで木下さんと美砂子さんが話しているのを、たまたま聞いてしまったのですよ」

「えっ、嘘……」

「いや、嘘じゃありません。僕は車の中で仮眠を取っているところでしてね。話の様子だと、どうやら二人は、木下さんと鈴子さんの結婚のことで揉《も》めていましてね、美砂子さんが許さないって言っているところへ、あなた方がジュースか何かを仕込んで戻ってきたのでしたが」

「そうですか、じゃあほんとのことなんですね。それなら言いますけど、あれは美砂子も悪いけど、木下さんがひどいですよね。そりゃ、たしかにサラリーマンとしては重役の娘と結婚できれば最高かもしれないけど、あんまり露骨すぎるって思うんです。鈴子さんは何も知らないから罪はないけど、知ったら絶対、断ってますよ」

「というと、あなたはお二人の関係を知っていたんですか?」

「ええ、二人は隠してるつもりみたいだけど、偶然、見ちゃったんです。私は誰にも言ったりしませんけどね」

「見たとは、どこで見たのですか？」

「え？　そりゃ、そういうような場所で、ですよ」

「なるほど、つまり、あなたのほうもそこにいたというわけですか」

「ええ、まあ……」

友美は赤くなって、言葉を濁した。つまり彼女が木下と美砂子の関係を誰にも言わなかったのはそういう事情があったためなのだ。

「これはあくまで仮定のこととして訊くのですが、美砂子さんがどうしても木下さんの変心を許さないと言ったら、木下さんはどうするつもりだったのでしょうか？」

「それは……」

友美は逡巡《しゅんじゅん》したが、意を決したように、強い口調で言った。

「こんなこと言っちゃいけないんですけど、私、美砂子が殺されたって聞いた瞬間、やったなって思ったんですよね」

「やったとは、つまり、木下さんが、という意味ですね？」

「ええ、でも、そんなのは何も根拠がないって思い直して、それに、事件のあと、注意して見たんですけど、木下さんにはそんな様子はなかったたし、私の早トチリかなとか思ったんですけど」

「いまはどうなんです？　やはり木下さんが犯人である可能性はあると思いますか？」

「そんな……、そんなことないんじゃないですか。でも、分かりませんけど……」

友美はまだ木下に対する疑いを捨てきれないでいるらしい。

もう一人の女性、望月香苗はほかの二人よりは美砂子についての知識はないらしい。前の二人ほどの収穫はなかった。

昨夜の美砂子の様子については三人とも、共通して、

「元気そうだったけれど、顔色はよくなかったみたい」

と言っていた。

「なんだか寒そうな顔をしていたんです。それで、脱衣室で、湯冷めしたんじゃないって訊いたら、もういちどお風呂に入っていくって……」

それが生きている美砂子の見収めになったのである。そのことを思うのか、彼女たちは一様に暗い表情を浮かべていた。

9

女性三人に関するアリバイは、まず完全に信用できると思ってよさそうだ。三人は同室で、部屋に戻ったあと二、三十分かけて入浴後の肌の手入れをやっている。ペチャクチャお喋《しゃべ》りをしながら、終始三人が顔を合わせていたわけだから、三人共犯で、よほど口裏を合わせて嘘をついているのでなければ、まず犯行は無理だろう。

もっとも、男性三人も一応は犯行時刻当時、全員が部屋にいたと主張した。部屋は三階で、同行の女性たちの部屋とは隣合わせになっている。

しかし三人の主張はそれぞれ歯切れの悪いものがあった。代わる代わるトイレに行ったというのも、疑えば疑う要素といえる。トイレは部屋の中

にもあるのだが、結城と木下は洋式のトイレで大のほうをするのが嫌いだという理由で、廊下の隅にある共同トイレを使ったというのである。

浅見はまず、問題の木下喬以外の二人と相次いで会った。

結城純雄は二十四歳、大学院生である。度のつよい眼鏡をかけて頭はよさそうだが、ヒョロヒョロと頼りなく、力を必要とする犯行はとても無理な感じがする。

「結城さんは今回一緒に来た四人の女性の中に、特別な付き合いをしている人はいるのですか?」

浅見は訊いた。

「特別という意味は具体性に欠けていますが、どう解釈すればよいのでしょう?」

結城は神経質そうに眼鏡にしきりに手を添えながら、逆に聞き返した。

「つまりですな」

と真島が焦れったそうに、脇から言った。

「情を交わしたようなことがあるのかという意味です」

浅見はこの「情を交わした」という警察用語を聞くと、しぜん顔が赤くなる。裁判などでこういう古めかしく、なまなましい語彙《ごい》を使うのは、おそらく容疑者や証人に精神的なショックを与える狙《ねら》いがあるからにちがいない。

結城はてきめんに動揺を見せた。

「そんなの、ぼく、ありませんよ」

急に幼児語みたいな口のきき方になったのは、その証拠である。

「しかし、いまどきの若い者が、こうやって男女とりまぜて温泉旅行しているんだから、そういう関係があってもおかしくないと思うんですがなあ」

「そんなこと言われたって、ぼく、ただ誘われてついてきただけだから」

「誘われたって、誰に誘われたんです？」

「木下君ですよ」

「すると、今回の旅行は木下さんのプランだったわけですかい？」

「いえ、言い出しっぺは、あの、小柴君だと思いますけど」

「小柴美砂子さん？」

「ええ、彼女が同窓のみんなに声をかけて、話がまとまったとか……。ぼくはあまり乗り気じゃなかったんですけど、木下君がぜひ行こうって言うから、それでなんとなく……。困るんですよね、こういう事件に巻き込まれたこと、いなかのほうで何て言われるか知れやしないので……」


結城はまだるっこい話し方で、グチグチと喋った。

佐藤敬三は結城とは対照的にたくましい男だった。二十三歳で、目下フリーのアルバイターだそうだ。家庭教師からバーの呼び込みまで、なんでもやると威張っている。

「ああ、結城の言ったとおりですよ。僕も美砂子に誘われたクチです。え？　いや美砂子とはべつに何もありませんよ。僕はどっちかといえば望月香苗のほうがタイプです。といっても、そういう関係じゃないですけどね。ただ、彼女も行くっていうから、僕もノコノコと……。そりゃね、多少の期待感はありましたよ。旅の恥はかきすてとか言うじゃないですか。うまい具合に混浴みたいな温泉だったりしてとか。その程度のスケベ根性、誰だってあるんじゃないですか。そしたら、長岡って、けっこう真面目な温泉で、そういう意味では期待はずれでしたけどね」

佐藤はじつによく喋る男だ。事件のことも、あまり深刻に受け止めていない様子だ。フリーの気楽さのせいなのだろうか。

「伊豆長岡の和泉屋に決めたのは美砂子さんだったのですね？」

浅見は念を押した。

「そうですよ。彼女が全部手配してくれたんです。以前、行ったことがあって、すっごくよかったからとか言ってました」

「ほう、来たことがあるのですか」

「そうみたいですね」

「誰と来たのでしょうか」

「さあ、どうせ男とでしょう。もしかしたら木下あたりと来たんじゃないかな」

「へえー、木下さんと美砂子さんはそういう関係だったのですか？」

「たぶんね、そうだと思いますよ。べつに聞いたわけじゃないけど、なんとなくね、分かりますからね、そういうのって」

「ところで、昨夜、事件当時のことですが、結城さんと木下さんは外のトイレを使ったそうですね？」

「ああ、そうですよ。あいつらいなか者だから、腰掛けトイレに慣れてないんですよね。和式のでないと、出ないとか言ってました」

「どれくらいの時間、部屋を出ていたか、憶えていませんか？」

「そりゃまあ、常識的な時間じゃないですかねえ。べつに計っていたわけじゃないけど、せいぜい十分ぐらいじゃないんですか。木下は下痢《げり》ぎみなのか二回とも長かったけど」

「二回？」

「ええ、一時間置きぐらいにね」

「なるほど、だとすると、殺人には十分すぎる時間ですな」

また真島が脅すようなことを言った。

「ははは、まさか……、刑事さん、冗談きついなあ」

佐藤はあっけらかんと笑って応じた。

いよいよ木下喬の番になった。木下は部屋に入ってくる時からオドオドして、いかにもわけありの様子だ。

「木下さんは昨夜、二度も外のトイレを使ったそうですね？」

浅見は言った。

「ええ、僕だけじゃありません。結城君もそうしました」

「そんなことは訊いてないです」

真島がきつい声で言った。浅見は苦笑して質問をつづけた。

「それは何時何分ごろか、憶えてますか？」

「時計を見たわけじゃないからはっきりとは分かりませんけど、一度目は十時頃、二度目はたぶん十時四十五分頃かと……」

「ほう、細かいですね。どうしてそう思うのですか？」

「隣の部屋の女性たちが部屋に戻ってきた直後だったので。警察に訊かれた時、彼女たちは十時四十五分頃に部屋に戻ったと言ったのだそうですから」

「それで、トイレから戻ったのは、何時何分頃ですか？」

「十一時頃だと思います。部屋に入ったら、ちょうど結城がニュースを見るとか言って、テレビをつけたところでしたので」

「なるほど、そうすると十五分近くもトイレに行っていたことになりますね。ずいぶん長いような気がしますが」

「それは……、そんなこと、どうでもいいじゃないですか、僕の勝手でしょう」

木下は突然、反発するように言った。

「それはもちろん、トイレに時間をかけるのは個人の自由ですが、しかし、トイレに行くのに、わざわざエレベーターに乗る理由はないような気がするのですがねえ」

「えっ？……」

木下ばかりでなく、真島も驚いたような声を出した。浅見は微笑を浮かべて言った。

「木下さんは憶えていませんか？　僕がエレベーターを降りた時、すれちがったのですが」

「はあ、気がつきませんでした」

木下は額の汗を拭いた。

「あんた、トイレに行くのにエレベーターなんか使うんですかい？」

真島が目を剝くようにして訊いた。

「そ、それはですね、たまたま三階のトイレが塞《ふさ》がっていたもんですから」

「なるほど、それで、どこのトイレに行ったのですか？」

浅見は穏やかに訊いた。

「一階のです、ロビーの脇にある」

「トイレから出て、どうしました？」

「…………」

木下は口をモゴモゴさせて、結局、沈黙してしまった。

10

「木下さんは、昨夜、小柴美砂子さんと会う約束でしたね？　トイレへ行くというのは、じつは美砂子さんと会うのが目的だったのでしょう？」

浅見の質問に、木下は額から汗を滲《にじ》ませながら、答えない。

「どうなんです？　黙っていちゃ、どうもならんのですがねえ」

真島は怒鳴った。浅見は「まあまあ」と真島を制した。

「ええ、じつは、会うことになっていたのですが、彼女が来ないもんで……」

「美砂子さんとの待ち合わせの場所はどこだったのですか？」

「ロビーです、ロビーの隅っこのほうの椅子《いす》で待っていることになっていました」

「そこで待ち合わせて、何をするつもりだったのですか？」

「…………」

「言いにくければ僕のほうから言いましょうか。木下さんにとって、小柴美砂子さんは邪魔な存在だったのでしょう。昨夜は別れ話の決着をつけるつもりだったのですね？」

「知ってるんですか、そのこと……」

木下はガックリと肩を落として、観念したように「そうです」と頷いた。

「じつは彼女とはその前、午後十時頃に二人だけで会って、僕との結婚を断念するようにって言ったんです」

「しかし、美砂子さんはそう簡単にＯＫしないはずですよね」

「ええ。それで五十分後にその返事をするっていうんでまたその時間にロビーへ行ったんです」

「もし美砂子さんがどうしてもだめと言った場合は、木下さんはどうするつもりだったんですか?」

「…………」

「殺すつもりだったんでしょうが」

また真島が怒鳴った。

「そんな……」

木下は顔を上げて反発するようなポーズを見せたが、急に開き直ったように、言った。

「そりゃね、あるいはそういう気持ちもどこかにあったかもしれませんよ。だけど、そんなこと、考えるだけで、実行するほどばかじゃないですからね」

「ほんとにそうかね?」

「しつこいなあ、そんなに僕を犯人に仕立てたかったら、勝手に調べたらいいでしょう。さっき聞いたんだけど、大浴場は密室みたいになっていたそうじゃないですか。だったら僕はどうやって彼女を殺すことができるんですか?」

真島は「この野郎」と言いたそうな、物凄《ものすご》い顔になったが、舌打ちをして黙った。

全員の事情聴取が終わったのは、午前九時であった。本来は彼等にとっての出発の時間だが、警察は富士五湖ドライブの予定を取り止《や》めさせて、捜査が一段落するまでは足止めすることになった。もっとも、強制するまでもなく、彼等はそんな気分ではなくなっていただろう。

「やっぱり木下の犯行でしょうなあ」

真島部長刑事は浅見に言った。

「例の佐山があの辺りをウロウロしていたといっても、檜風呂のほうへ看板を取りに行ったりして、完全に張りついていたわけじゃないのだからして、木下が岩風呂に潜入するチャンスはいくらでもあったでしょうに」

「さあ、それはどうですかねえ、もしかりに隙《すき》をついて入り込んだとしても、出てくる時に見られるおそれだってあるのだから、ちょっと無理なんじゃないでしょうか」

「それじゃ、佐山ですか」

「それもねえ、物理的な可能性はあるというだけのことで、動機もなさそうだし、第一、彼はあそこにいるところを何人もの人に目撃されているわけでしょう。もっとも疑われる立場にあるのに殺人を犯すなんて、よほどの変質者か衝動殺人ならともかく、ちょっと考えられませんよ」

「となると……」

真島はまたしてもジロリと浅見を見た。

「そうそう、むしろ可能性ということなら、僕のほうが可能性がありますね」

浅見は笑いながら言った。もちろん冗談のつもりで言ったのだが、真島は真面目くさった顔をしているから、怖い。

「大きな謎《なぞ》が二つありますね」

浅見は真島の関心を逸《そ》らすように、急いで話題を変えた。

「第一に、密室のこと。あの密室を完成させたのは被害者自身なのですよね。小柴美砂子さんはなぜ浴室の窓に鍵をかけたのか……」

「ですからね、それは何者かに覗かれたとか、そういうおそれを感じたとか……」

「それだったら、さっさと出てしまえばいいわけでしょう。だって、岩風呂自体が十一時からは男湯に変わるのだから、窓に鍵をかけたって意味がないのですからね」

「湯冷めしたから出られなかったのとちがいますか？」

「鍵をかけて回れば、なおさら湯冷めしちゃいそうですよ」

「そりゃまあ、そうですがね」

「ただし、ちょっとおかしいのは、彼女が密室を完成させたといっても、それは結果論であって、実際には入口には鍵はかかっていないのだから、厳密な意味の密室ではないのですよね」

「は？　どういうことですか、それ？」

「現場が密室状態であったのは、たまたま佐山という人物が通路をウロついていたためにそうなったので、もし彼がいなければ密室でもなんでもなかったということです」

「なるほど、それはまあ、そのとおりですが。だからどうだというのですか？」

「いや、どうだと言われると困るのですが、もし密室状態になっていなければ、木下氏の容疑はもっと固かっただろうと思いましてね」

「そうだ、そうですよ……。つまり、木下は佐山のおかげで助かっているってわけですなあ。あの野郎……」

「ははは、犯人かどうか分からないのに、そうめくじら立てることはないでしょう」

「いや、あいつは臭《くさ》いですよ。ともかく動機があることだけは本人も認めているんですからな。密室状態だったことをいいことに、警察をコケにしやがって……」

真島は腹の虫が収まらないらしい。

「ところで、第二の謎は凶器です。現場に凶器らしい物が見当たらなかったのはなぜなのか。それから、美砂子さんのものと思われるタオルが庭に投げ捨てられていたのはなぜなのか……。この凶器がないということが、密室の謎とあいまって、この事件をいよいよわけの分からないものにしていますね」

「まったくですなあ。やっぱり、密室っていうのが間違っているんじゃないですかなあ。近頃、出来の悪い推理小説なんか読むと、密室だ密室だなんていいながら、最後に種あかしすると、じつに下らないトリックだったりして腹が立つじゃないですか。ひょっとすると、われわれもそういった簡単なことを見逃しているんじゃないですかい？」

「そうかもしれませんね。どこかに盲点みたいなものがあるのかもしれません」

浅見は出来の悪い推理作家ではないから、部長刑事どのに毒づかれても少しも気にならない。

「とにかく、もういちど、床や壁、天井なんかを子細に調べて、どこかに抜け道がないかを確認してみてください」

真島は（やれやれ——）という顔をした。天下の名探偵だとか言っても、大したことはないな——と思っている。

11

浅見の要望を容《い》れて、警察は再度、念入りに現場の点検を行った。浅見はとくに窓の鍵について、何かトリックを仕掛けることができないか、いろいろ知恵を絞った。

しかし、結局はすべて徒労に終わった。それに、じつにばかげたことなのだが、いくら窓の鍵を完《かん》壁《ぺき》にしたところで、浅見が指摘したように入口のドアが開いている以上、密室状態なんかではぜんぜんないのだ。密室はあくまでも偶然の所産にすぎないというのが、かえって問題を不可解なものにしているというのも皮肉であった。

現場の岩風呂は事件が片がつくまでは客はもちろん、旅館の従業員も入れないで、原状のままにしておくことになっている。湯滝はとうとうと流れ落ち、湯はふんだんに溢れ、いたずらにタイルを濡《ぬ》らしている。浴場内はもうもうと湯気が立ち込めて、結構な温泉ムードがいっぱいという情景であった。

まったくもったいない話だが、なにしろ殺人事件の現場なのだから仕方がない。旅館側は一刻も早く警察の捜査が終了して、通常どおりの営業に戻ることを希望している。かりにそうなったところで、殺人事件のあった旅館に、はたして客が来てくれるかどうか、心配なことではあった。

「どうなんです？　何かいい知恵はないんですかねえ、名探偵さん」

真島は浅見の困惑を、なかば面白がっている様子だ。

「容疑者を何人かに絞って、少しハタいてやりましょうか」

物騒なことを言いだした。

「いや、そんな手荒なことはやめましょう。それに、はたして容疑者がいるかどうかも分からないのですから」

「はあ？　容疑者がいないってことはないでしょ

うに。木下とか、佐山とか、それに旅館の従業員だって疑えば疑えますよ」

「いや、そうではなくてですね、僕の言っているのは、ほんとうに殺人が行われたのかどうか……という意味なのです」

「え？……」

真島は呆れ返って、大きな口を開けた。ひょっとすると、浅見の頭がおかしくなったのではないか——と思っている。

「殺人が行われたかどうか……とは、何を言っているんです？　殺人事件だからこうして大騒ぎしているんじゃないですか」

「ほんとうにそうですかねえ。僕はなんだか殺人事件じゃないような気がしてならないのですよ」

「驚いたなあ……、殺人事件でなければ何だって言うんです？」

「自殺です」

「自殺？……」

「そうです。小柴美砂子さんの死は自殺だとすれば、すべて説明がつくのですがねえ。つまり、美砂子さんは木下喬氏に殺人犯の汚名を着せて、片山鈴子さんとの結婚も、さらに彼の将来までもだめにしようとしたというわけです。そう考えれば窓の鍵を閉めた理由も分かる。窓が開いていたのでは、犯人が外部からの侵入者である可能性を残すことになって、容疑を木下氏一人に限定することはできませんからね。ところが、実際には佐山という人が浴室の入り口前をウロついていたために、浴室は完全な密室になってしまい、木下さんは容疑を免《まぬか》れる結果になってしまった。これは美砂子さんにとっては、まったく予想外の偶発的なことだったのですよね」

「ふーむ……したがって小柴美砂子は自殺である――というわけですか。そりゃあそうかもしれませんがね、そんなこと言ったって、どうやって自殺したんです？　彼女は首を絞められて死んでいたことはたしかなんですぞ。第一、凶器はどうするんです？　死んだ美砂子が庭にタオルを投げ捨てて、窓の鍵をかけて……なんてことはできっこないですからな」

「そうなんですよねえ、だから困っているんです。不思議なことがあればあるものですねえ」

浅見は溜息《ためいき》をついた。真島はいよいよ呆れて、このどうしようもない「名探偵」に軽蔑《けいべつ》のまなざしを注いでいる。

「ただ、タオルを庭に捨てたということが、僕の自殺説のひとつの根拠になっているのですよ。もちろん、これは想像でしかないけれど、もし、美砂子が木下に濡衣《ぬれぎぬ》を着せようとするなら、たぶんタオルを捨てたにちがいないと思うんです。なぜかというと、彼女は自分で自分の首を絞めて死ねるかもしれないと考えたでしょうからね。実際にはたぶんそんなことはできないのでしょうが、もしかすると、という気持ちはあったかもしれない。警察にそう思われたのでは死んだ意味がなくなってしまうから、タオルを捨てた。そういうことではなかったかと……」

「ばかばかしい」

ついに真島は我慢の糸が切れたような声を出した。

「たしかにね、浅見さんの言うとおり、美砂子にそういう動機があったかもしれませんよ。百歩譲って、かりにそういう動機で自殺するにしたって、どうやって首を絞めるんです？　まさか自分の手で絞めたなんて言うんじゃないでしょうなあ。しかも肝心のタオルを捨てたんじゃ話にも何にもなりゃしません。被害者の首には歴然とした索条痕が残っていたのですからな、そこんとこ、忘れてもらったら困りますよ」

笑われて浅見は沈黙した。まったく真島部長刑事の言うとおりなのだ。浅見の仮説は、「そうでなければならない」という想いが高じて、ひとつの状況を仮想したものだが、論理的にはともかく、物理的な条件が満たされていない。

(いったい、美砂子の首を絞めた縄はどこへ行ってしまったのだろう?——)

浅見は濡れた足を引きずるようにして、湯気の立ち込める浴室を出た。

その後ろに従う真島の浅見を見る目は、軽蔑から憐《あわ》れみの色に変わっていた。

12

浅見たちと一緒に浴室からモクモクと溢れ出た湯気で、脱衣室の大きな鏡が一瞬で曇ってしまった。

浅見は曇りの中に忽然《こつぜん》と消え失せた自分の姿を眺めながら、ぼんやり佇《たたず》んだ。

「鏡というのは不思議なものですねえ」

「はあ?……」

浅見がいきなり妙なことを言いだしたので、真島は心配そうに浅見の顔を覗き込んだ。

「われわれはいつも鏡を見ているようでいて、実際には鏡の実体というのは見ていないのですよねえ」

「何のことです? それ」

「つまり、こんなふうに曇っている時は、われわれは鏡の表面に付着した小さな水の粒子を見ているのだし、きれいになっている時は自分の顔を眺めているわけでしょう。鏡そのものを見てはいないということです」

「なんだ、そんなことですか……」

真島は「ばかばかしい」という言葉を省略して、そっぽを向いた。

「かといって、裏面に塗った水銀を剝《は》がして透明になると、鏡はもはや鏡ではなく、ただのガラスにすぎなくなってしまう。考えてみると、なんだか気の毒みたいな存在ですねえ。そうは思いませんか?」

「そんなこと、思いませんよ」

「そうですかねえ……」

曇りがさあっと晴れて、浅見と真島の顔が見えてきた。

「ほら、曇りが晴れるととたんに、われわれの目の焦点は鏡そのものには合っていないんですよね。ちょうど鏡までの倍の距離にある自分の虚像を見ているわけですよね。じつに不思議だなあ」

浅見は顔を鏡に近づけて「ハァッ」と息を吹き掛けた。鏡は曇り、やがて晴れる。

ふと、浅見の脳裏に小さな光のようなものが疾《はし》った。

浅見はドキッとして鏡の奥を覗いた。そこに何かが見えるような気がした。しかし、そこにあるのはこっちを睨む浅見自身のくろぐろとした目である。

もういちど「ハァッ」と息をかける。曇りが映像を消して、ゆっくりと晴れてゆく。曇ったその瞬間だけ、鏡は自己の存在を誇示するようにも思えた。

「凶器の縄はどこへ消えてしまったのですかねえ……」

浅見は曇りが消えるのを見ながら、ポツリと呟いた。真島は呆れて黙っている。

「小柴美砂子さんの首を絞めた瞬間はたしかに存在したはずの縄が、どうして消えてしまったのでしょうか?」

「まさか浅見さん、その曇りみたいに雲散霧消《うんさんむしょう》しちまったなんて言い出すんじゃないでしょうな」

「いや、ほんとうにそうとしか考えられないのじゃありませんか?」

浅見は真面目くさって言った。

「密室が完全なものであるとすればですよ、小柴美砂子さんの死は自殺であると断定せざるを得ないわけでしょう? ただし、現場に縄が存在しない以上、自殺説は論理的に成立しない。したがって他殺である——と、これでは堂々めぐりをやっているようなものです。それをどこかで断ち切るには、まず第一に密室の謎を解明するか、そうでなければ凶器が消えた謎を解明するか、そのどっちかです。警察は密室がじつは密室でなかったという方向で捜査を進めているようですが、僕はもはや、密室状態については素直に認めるしかないと思っているのですよね。そう思えるのは僕自身がその当事者だからです。警察が佐山氏や僕までも疑っているのと違って、疑いを挟む余地がないと確信することができますからね。となると、文字どおり『縄一本』に推理を絞り込めばいいわけです。といっても、それが難しい。あの状況からすると、縄は消えてしまった——譬喩《ひゆ》ではなく、ばかげたことですが、ほんとうにこの鏡の曇りのように消えてしまったとしか考えられないのですからねえ」

浅見は大きく吐息をついた。鏡がその吐息で曇る。

「僕はなんだか、虚像を見ているような気がしてなりません。常識という名の水銀で裏打ちされた鏡で、実像とは正反対に見える虚像を見ているのではないか――と。いっそ水銀が溶けて透明になれば、その向うにある物の正体が見えてくるのかもしれませんねえ」

その「常識」の権化《ごんげ》である真島部長刑事は、浅見の思考にはとてもついていけない。それどころか、このへんてこな「名探偵」がおかしなことを口走りはじめたのを、気味悪そうに眺めるだけだ。

浅見は浅見で「消えた縄」にとりつかれてしまった。何か分からないが、常識という厄介《やっかい》な障壁の向うにその謎を解く鍵があるように思えてならないのだ。

魔法のランプのように、擦《こす》ったら出たり消えたりする縄があれば簡単なのだが――などと、真剣に考えている。

（いや、まてよ、死んだ美砂子さんは擦ることもできないのだから、擦らないで消す方法を考えないといけないか――）

また鏡に息を吹き掛ける。部屋の湿度が低下してきたせいか、曇りの消える速度が早くなった。鏡の表面に付着した水の小さな粒子は、一瞬ののちには空気中に消え去る。

「そうだ……。ねえ真島さん」

突然、浅見は思いついた。

「凶器が氷で、死因が殴打によるものだったら、風呂の中に凶器が消えても何の不思議もないわけですよねえ」

「そりゃまあそうですな。しかし、本事件はあくまでも縄による絞殺なのでありますからして、魔法みたいに消える縄でもあればべつですがね」

真島はあくびを噛《か》み殺しながら言った。

「もしかしたら、消える縄があるのかもしれませんよ」

「またまた、冗談でしょう」

「いや、冗談でなく、本気です。たしか、小柴美砂子さんの父親は薬品関係の工場をやっているとか言いましたね」

「ああ、そのようですな。しかし、縄を消す薬なんかは作っていないでしょうよ」

「さあどうでしょう、それは調べてみないと分かりません。とにかく明日まで待ってください。もし僕の着想が正しければ、明日には事件は解決します。そうだ、足止めしている連中はみんな解放してあげていいのではありませんか」

言うだけ言うと、浅見は真島を残して走りだした。

13

翌日の午後、浅見はソアラを駆って颯爽《さっそう》と戻ってきた。被疑者を含め、事件関係者全員を解放してしまった真島は、責任の重さで昨日から憂鬱《ゆううつ》な状態が続いていた。

「浅見さん、大丈夫なんでしょうな」

鏡を見るなり、心配そうに訊いた。

「任せておいてください、きっと満足してもらえると思いますよ」

現場である岩風呂は、事件当時のようなものものしい雰囲気に包まれた。

浅見はまず浴室内の窓の鍵をすべて施錠した。

「窓の外に何人か見張りを立ててください。窓を開けたりしないことの確認です」

人員の配置が完了すると、浅見は水泳パンツにランニングという姿になった。身に何もつけていないことを示すためである。

その恰好で、風呂敷包みとバッグを持って浴室に入る。浴室のタイルの上で風呂敷包みを解くと、ラグビーボールほどのゴム粘土の塊《かたまり》が出てきた。

「これを便宜上、小柴美砂子の首と思ってくださ
い」

浅見は風呂敷を真島に渡した。

「そっちのバッグには何が入っているのです?」

「このバッグの中身が魔法のタネです」

浅見はいたずらっぽい目をして笑った。

「さて、これで用意は整いました。みなさんは外に出ていてください。約十五分、つまり密室状態にあった時間と同じ時間が経過したら、またここに入って結構です」

なんだかばからしいような、狐につままれたような顔で、捜査員たちはゾロゾロと浴室を出ていった。

きっかり十五分間、脱衣室の前をウロウロしたり、煙草をふかしたりして過ごす。

「もういいだろう」

真島部長刑事が先頭に立って、浴室のドアを開けた。一瞬、浅見が美砂子のように首を絞められて死んでいる姿を想像したが、浅見は彼等の正面に立ってニコニコ笑っていた。

「さあ見てください、粘土が湯の中で死んでいますよ」

浅見の声につられて、全員の目が湯の底に注がれた。そこには粘土の塊が沈んでいる。

「それでは救出に行くとしましょう」

浅見はザブザブと湯船に入って、全身を湯の中に浸けて塊を拾い上げた。大事そうに抱えた塊を捜査員の目の前で床の上に置く。

「見てください、このとおり、立派な索条痕が首についています」

浅見の言ったとおり、ゴム粘土にはリング状に縄目模様がついている。

「さて、それではこの縄目をつけた凶器を発見していただきましょうか。ただし僕のパンツの中にはありません。いや、もちろん胃の中を探しても無駄ですよ。あのバッグの中にも何も入っていません。そもそも、どこかに隠したなんてことはないのです。なぜなら、彼女は死んでしまっているのですからね」

捜査員は懸命になって「凶器」を探した。浅見が断りを言ったにもかかわらず、バッグの中もしつこく点検している。しかし驚いたことに、縄らしきものはどこにも見当たらなかったのである。

探しあぐねた捜査員が三三五五、浅見を囲むように集まった。

「浅見さん、もういいでしょう、いいかげんで謎解きをやってくれませんか。われわれはいささか疲れているのです」

真島が腹立たしそうに言った。

「分かりました。それじゃ、魔法のタネあかしをしましょう。消える縄の正体は、じつはこれだったのですよ」

浅見はふたたびザブザブと湯船の中を横切って、正面奥の湯滝のところまで行った。もちろんその付近も捜査員がさんざん探した場所である。

浅見は岩の縁に上がって、湯滝に手を差し入れ、湯の流れを掬《すく》うような手つきをした。

「ほら、これですよ」

そう言われても遠い位置からでは何も見えない。全員が岩風呂の周囲をめぐって、湯滝に近づいた。

浅見の手には滝の流れが掬い取られたように、半透明の糸コンニャクのようなものが光っていた。

「これ、何だと思いますか？　だいぶ溶けてしまいましたが、じつはオブラートで作られた縄なのですよ」

「オブラート？……」

異口同音に声を発した。信じられないというニュアンスが籠められていた。

「オブラートって、あの薬なんかを包む、あれですかい？」

真島がすっとんきょうな声を上げた。

「そうです。チョコレートやキャラメルを包んだりもしますね、あのオブラートです。ふだんわれわれが見るのは、そういったちっぽけなものばかりですから、裁断前の何メートルもある巨大なオブラートがあるなんて、常識では想像もつかないはずです。しかし、ちゃんとそういうものがあるんですねえ。小柴美砂子さんの親父さんの工場というのが、じつはそういうものを作っているのです。おそらく美砂子さんはそこから今度の『殺人事件』を思いついたのでしょう。

僕は、そのオブラートの大きなのを使って、藁《わら》縄を縒《よ》る要領でこの縄を作ってみたのですよ。そうしてこの湯滝の中にある蛇口に一方の端を結《ゆ》わえて、あのゴム粘土の『首』を吊《つ》るしたというわけです。みなさんには十五分間待っていただきましたが、実際に縄が溶けて、『首』が風呂の中に漂い去るまでは、わずか七分しかかかりませんでした。まさに凶器は消えてしまったのですね」

「しかし、オブラートなんて、あんなもので人間が首を吊ることが可能ですか？」

誰かが訊いた。真島ではない。真島は呆れて、もはや物を言う気にもなれない。

「それが盲点だったのですね。あの脆《もろ》くてすぐ切れそうなオブラートが、ほんの紙縒《こよ》り程度の太さでも結構丈夫なものなのです。ロープほどもあれば立派にものの役に立ちますよ。なんならどなたか実験してみたらいかがでしょう」

浅見は少し、悪魔的な笑いを浮かべて、刑事たちの顔を見渡した。

あとがき

この本に収載された三作品は、いずれも昭和六十一年に「週刊小説（実業之日本社）」誌上に発表したものです。資料によると、発表順は『地下鉄の鏡』が二月、『鏡の女』が八月、『透明な鏡』が十一月となっています。一作目で『……鏡』という表題にしたもので、以下なんとなく『鏡シリーズ』のようなことになってしまいました。最初から意図的にそうしたのではありませんから、第三作目などは、なんとかして『……鏡』という題をつけるために、かなり苦労してこじつけめいた書き方をしているのが、お読みになってお分かりかと思います。

三作とも百枚―百二十枚の短編ですが、いろいろな機会に宣言しているように、僕は短編が苦手な作家です。短編に限ったことでなく、僕はもともと小説作法など勉強したこともない素人だから、いまだに正式な小説の書き方を知りません。現在までに長編だけで六十近い作品を書いているけれど、はじめにプロットを作るなどという真面目《まじめ》な作業をしたのは、ほんの数作品にすぎません。ふつうは思いつくままに書きだして、思いつくままストーリーを展開してゆく。文字どおりの「物語り」なのです。

したがって、その作品がいったい何枚で完結するのかのメドがつきません。長編の場合はおおよその見当としては四百枚前後を想定しているのですが、いつのまにか五百枚を超えたり、ときには八百枚ほどに脹《ふく》れ上がってしまって、上下巻に分冊するような羽目になることがあります。『天河伝説殺人事件』『隠岐伝説殺人事件』（角川書店刊）、『日蓮伝説殺人事件』（実業之日本社刊）などがそれで、ことに前二作にいたっては、上巻が出てから下巻が出るまで何か月もあいだが空いて、読者の顰蹙《ひんしゅく》をかったものです。

あたりまえのことですが、短編の注文にはあらかじめ何十枚程度という約束があります。五十枚とか百枚とか、増減があるにしても数枚以内の誤差でなければなりません。

まずこういう制約のあることが苦手の原因なのです。書いていて、ほんとうにこの作品は約束の枚数以内で終わるのだろうか——という不安がつきまといます。それはもはや恐怖といってもいいでしょう。さらに加えて、編集者は「笹沢左保《ささざわさほ》先生は予定枚数の最後の一行の最後のコマで完結するのですよ」などと、神話みたいなことを言って脅かします。僕にはそんな芸当は逆立ちしたってできっこありません。

短編といえども取材は丁寧《ていねい》にやらないと気がすまないタチです。『地下鉄の鏡』などは札幌《さっぽろ》まで出掛けて、地下鉄に乗ったり、交通局の職員に話を聞いたりしました。駅のホームに鏡を自殺防止のために設置したというのは実話です。伊豆長岡《いずながおか》の温泉も現地に行って宿に泊まりました。『いずみや』というホテルは実在するし、檜風呂《ひのきぶろ》と岩風呂もちゃんと試してみて、満足しました。こういう取材には手間も時間もかかるし、安い原稿料など取材費であらかた吹っ飛んでしまいます。

それやこれやで、短編はなるべく受けないようにしているのですが、根が純情で気が弱いものだから断りきれなくなることがままあります。引き受けてしまってから、あとでいつも後悔するのです。それで読者に喜んでいただけるならまだしも、「面白《おもしろ》くない」と言われたらどうしよう——などと考えると死にたくなります。これで死んだら、さしずめ『短編小説殺人事件』でしょう。

さて『鏡シリーズ』の三部作は、はたしてどう評価していただけるのでしょうか。僕個人として「二勝一敗」だと思っています。どれが「勝」でどれが「敗」かはあえて言いません。

内田康夫

解説――「鏡の女」のころ以前

早坂真紀《はやさかまき》

一九八六年、実業之日本社から刊行されている「週刊小説」に、鏡にまつわる三つの作品が掲載された。二月七日号に「地下鉄の鏡」、八月二十二日号に「鏡の女」、十一月十四日号に「透明な鏡」だ。三作をまとめてノベルズ化されたこの本の表題は、『鏡の女』になっている。しかし順番としては「地下鉄の鏡」が一番先に書かれている。

逆算してみると、この札幌の地下鉄の話が発表されたのが二月七日号なら、書いたのは前年の暮れくらいだろうか。だったら秋あたりに取材をしたのかもしれない。

一九八五年の秋ごろといえば、私たち夫婦が軽井沢《かるいざわ》に住まいを移して二年とちょっと。そして生後九ヵ月ほどの、可愛いさかりのキャリーがいた。もっとも、キャリーは幼犬のときも成犬になっても、老犬になって生命が終わるまで、私にとっては、ずっと可愛いさかりだったけれど……。そういうふうに、コリー犬のキャリーに溺《おぼ》れきっていた私は、このころの夫の仕事に関しての記憶が、ほとんどない。

私を騙《だま》すようにして、夫が連れてきたキャリーは、犬嫌いだった私の心を一変させてしまった。目尻を下げて、キャリーの姿ばかり追っていた私は、今、そのころの夫の仕事の背景を見ようと、集中して目を凝《こ》らしても、何も浮かんでこない。

自費出版した『死者の木霊《こだま》』でデビューして以来、取材旅行はもちろん、ゲラの校正まで、私は手伝っていた。しかし、キャリーがわが家に来てからというもの、私は、すっかり彼女の守《も》り係になっていた。これは夫の計略というか陰謀だったのだと思う。

夫は忙しくて犬の面倒を見る暇なんてないのに、欲しくてたまらなかった犬を買ってしまった。私が、結果的にはキャリーの乳母《うば》になってしまうであろうことは、私の性格を知っていればすぐわかることだ。

「この子、私たちのこと、信じきっているのよ。自分の勝手なときだけ甘やかして、都合の悪いときには誰かに預けるなんて冷たいこと、私にはできない。犬は飼い主を選べないんだもの、私は旅行よりも、この子の世話を選ぶわ」

と、毅然として言うこの乳母は、犬と遊ぶのは大好きだけれど、世話をするのはあまり好きじゃないという夫を、ほくそ笑ましてしまったようだ。以来キャリーの生命のあるあいだ、私たちは、ふたり揃《そろ》っての旅は皆無になった。

いろいろと、パズルを組み立てるように思い出を辿《たど》ってみたけれど、「地下鉄の鏡」を書くころ、やはり私は札幌には行ってない。ふと、以前一度だけ、北海道へ飛行機で行っていることを思い出した。当時の私の年齢から割り出したら、一九六九年か一九七〇年ころのことだ。何と、あれから三十年も過ぎてしまったのか。目尻にしわが増えるはずだ。

そのころ、私の妹はスチュワーデスをしていた。そして彼女の乗務する飛行機の、何便か前の「よど号」が、日本赤軍によって乗っ取られたり、当時の総理大臣・佐藤栄作《さとうえいさく》氏の訪米阻止のデモ参加者と区別するために、その日はあのスカイブルーの制服着用で出勤したのだった。

思い出は不思議だ。完全に脳の隅っこで眠っていたはずの思い出が、「鏡」シリーズのおかげで、息を吹き返した。ひとつのことを思い出したら、浜辺で干されているワカメを引っ張るように、次々と思い出が蘇《よみがえ》ってきた。

私は妹のフライトのたびに「タイシルクを買ってきて」だの、「ジャワサラサを買ってきて」と、能天気なことを頼んでいた。その延長で、妹が航空会社の社員であることの特権を利用して、夫とふたりで、安く北海道に行くことを思いついた。どんな特権かは、いくら時効だとはいえ書けない。彼女の娘が、今は母親と同じ航空会社の、現役のスチュワーデスなのだ。ただ飛行機嫌いの夫がよく承知したものだと、今でも不思議に思う。もしかしたら、夫は私のこと、好きだったのかしら？　とニマニマしてしまう。ああ、時間は流れた……。

はっきりとした地理は覚えてないが、千歳《ちとせ》空港からレンタカーで動いた。時刻表の北海道の地図をなぞってみると、このときのドライブは、千歳と洞爺湖《とうやこ》を直径にした円形の内側だったようだ。

白老《しらおい》で、木彫りのペアのアイヌ人形を買った。たぶん将来の自分たちの姿を重ねていたのだろう。私たちがあの歳になったとき、人形のように共白髪でいるのだろうか。それとも別々になっているのだろうかと……。

時間は流れて――。このぶんだと、私たちも共白髪になるのだろうが、その木彫りの人形は、今はどこにしまってあるのかさえ思い出せない。

白老に立ち寄ったその夜は、登別《のぼりべつ》に泊まったのだろうか。未来都市のような、固まった硫黄がごつごつとした、異様な光景が思い浮かぶ。

あれは何処《どこ》だったのだろう、怠惰《たいだ》としか思えないようなトドのいる、海水公園のようなところにも行った。あの様子だと、あの海水公園はもう閉鎖されているかもしれない。私たち以外に、客はいなかった。

二泊めは洞爺湖畔に泊まったはずだ。目の前の大きな湖と、一晩で出来てしまったという、昭和新山が目に浮かぶ。有珠《うす》山の噴火で、洞爺湖畔の人々は、今はどうしているのだろうか。

峠を越えて、左右にサイロの見える、どこまでも続く広くて長い道路を走った。三十分ほど走っても、一台の対向車にも会わないくらい、北海道は大きかった。後の「でっかいどォ！　北海道！」というTVコマーシャルを見て、改めて北海道の雄大さを思い出したものだ。冬の軽井沢の凍結道だって、あの角に行くまでに、車の一台や二台くらいすれ違う。

前日に激しい風雨があったらしく、道には倒木があったり、未舗装の道路はかなりでこぼことしていて、峠越えは面白かった。

「ウチの車じゃないから、行けッ！」

と、私がハッパをかけて、何度か車のお腹を擦《こす》ったはずだ。カーナビのない時代だし、宿の予約もなにもなしのドライブは、若さがないと無理だ。不安と好奇心でいっぱいのドライブ、私にも若いときがあったのだと、ボンヤリとしてしまう。

帰りの飛行機が、風雨のためにかなり遅れて、千歳で足止めをされた。このまま空港で一夜を明かすのかしら、映画みたいと言いながら、かなり不安だった——と、ここまで思い出しても、やはり札幌の記憶はない。札幌の地下鉄などは、後で取材したのだろう。

「透明な鏡」の、リックで悩んでいた姿は覚えている。見つからない凶器は何だ！　どうしてあんなところで死んでいたのだ？　と書斎をウロウロしているようだ。書斎の下の部屋にいて、その足音でわかる。そして、お茶の時間におやつをつまみながら、あれッ？と突然、知り合いに電話をしていた。そしてうれしそうに、トリックを私に話してくれた。まるで子どものような目の輝きだった。こんな醍醐味《だいごみ》を味わえるのは、そばにいる者だけの特権だろう。私と編集者と……。

　自分のことを、浅見光彦に置き換えているけれど、夫のお化け嫌いはほんとうだ。夫の書斎は――（と言っても、私のための書斎はなく、ダイニングテーブルを私は仕事場にしていた）寝室の向かい側にある。彼の就寝時間はまちまちだから、私は自分の生活のサイクルで勝手に寝てしまう。

　これは「鏡の女」執筆以前のエピソードだけれど、午前二時ごろ、バタバタと歩いたり、ドアを荒っぽく開け閉めしたりする音で目が覚めた。どうしたの？

「今日はもう寝るよ。今さァ、怖《こわ》いところを書いていたら、何だかほんとうに怖くなっちゃった。お化けが出そうなんだもの。アイツらは、窓の隙間や、閉めてあるドアからでも平気で入ってこられる、まったく卑怯《ひきょう》なヤツらなんだから」

　怖くて、わざと私を起こしていたようだ。

　長野新幹線が開通した今は、軽井沢と東京のあいだは一時間あまりで結ばれている。それで軽井沢からの通勤が可能になって、軽井沢に住み着く人が増えているようだ。しかしそのころは、森の中に住んでいるのは私たちだけだった。「草木も眠る、丑三つ刻《うしどき》」を実感できる。なつかしいころだ。

因《ちな》みに、私はお化けは怖くない。人間のほうが怖い。お化けに祟《たた》られるような悪いことはしてないから。たぶん、お化けの怖い人は、たとえ作品の中とはいえ、人を何人も殺しているからだと思う。

この作品はフィクションであり、文中に登場する人物、団体名は、実在するものとまったく関係ありません。
また、市町村名、風景や建造物などは執筆当時のものであり、現在の状況と多少異なっている点があることをご了解ください。

（編集部）

本作品は一九八七年二月に小社より「ジョイ・ノベルス」として初版発行されたものです。このたびの刊行に際し、角川文庫版（一九九〇年二月刊）ならびに祥伝社文庫版（二〇〇一年二月刊）を底本としました。
「あとがき」の初出は角川文庫、「解説」の初出は祥伝社文庫となります。

鏡《かがみ》の女《おんな》　新装版《しんそうばん》

二〇一七年二月十日　初版第一刷発行

著　者　内田康夫《うちだやすお》

発行者　岩野裕一

発行所　株式会社実業之日本社
東京都目黒区大橋一-五-一
クロスエアタワー八階
〒一五三-〇〇四四
TEL　〇三(六八〇九)〇四七三(編集)
〇三(六八〇九)〇四九五(販売)

振　替　〇〇一一〇-六-三二六

印　刷　大日本印刷株式会社

製　本　大日本印刷株式会社

http://www.j-n.co.jp/

ISBN978-4-408-50555-8（第二文芸）